"

अपनी इन कहानियों को चुनने से पहले मैंने दुबारा पढ़ा था। पढ़ते समय मुझे बार-बार एक अंग्रेज़ी लेख की बात याद आती रही : 'अर्से बाद अपनी पुरानी कहानियाँ पढ़ते हुए गहरा आश्चर्य होता है कि मैंने ही उन्हें कभी लिखा था। बार-बार यह भ्रम होता है कि मैं किसी अजनबी लेखक की कहानियाँ पढ़ रहा हूँ जिसे मैं पहले कभी जानता था। साथ-साथ एक अजीब किस्म का सुखद विस्मय भी होता है कि ये कहानियाँ एक ज़माने में उस व्यक्ति ने लिखी थीं, जो आज मैं हूँ।'

"

मेरी प्रिय कहानियाँ

निर्मल वर्मा

राजपाल

स्थापित 1912
100 वर्षों की
श्रेष्ठ प्रकाशन परम्परा
राजपाल

₹ 225
ISBN : 9789350640678

MERI PRIYA KAHANIYAN (Stories)
by Nirmal Verma
मुद्रक : शीतल प्रिंटर्स, दिल्ली

राजपाल एण्ड सन्ज़
1590, मदरसा रोड, कश्मीरी गेट, दिल्ली-110006
फोन : 011-23869812, 23865483, 23867791
e-mail : sales@rajpalpublishing.com
www.rajpalpublishing.com
www.facebook.com/rajpalandsons

भूमिका

पिछले पन्द्रह वर्षों में समय-समय पर जो कहानियाँ लिखी थीं, उनमें से कुछ भी चुनकर एक जगह संकलित करने का यह पहला अवसर है। इससे पहले मैंने कभी कल्पना नहीं की थी कि चुनने के काम में इतना घना ख़ालीपन महसूस हो सकता है। खुद अपनी कहानियों के बारे में यों भी कुछ कहना एक निरर्थक प्रयास है। सिर्फ इसलिए नहीं कि चुनने-छाँटने का काम कुछ अर्से बाद समय खुद कर लेता है, बल्कि इसलिए भी कि जिस मोह से कहानियाँ जन्म लेती हैं, वह बराबर कायम नहीं रहता। कभी वह कम हो जाता है, कभी अधिक (और इस 'कम-ज़्यादा' के पीछे कोई तर्क जुटा पाना असम्भव है) और यद्यपि कहानियाँ वही रहती हैं, हर पाँच-दस वर्ष बाद उनके प्रति दिलचस्पी का पेंडुलम एक सिरे से दूसरे सिरे तक घूम जाता है। यदि हर पाँच वर्ष बाद मुझे अपनी 'प्रिय कहानियाँ' चुनने का मौका मिले तो शायद पहले की छूटी हुई कहानियाँ भीतर आ जाएँ और भीतर बैठी हुई कहानियाँ छूट जाएँ। यह शायद ठीक भी है। और होना ऐसा ही चाहिए।

अपनी इन कहानियों को चुनने से पहले मैंने दुबारा पढ़ा था। पढ़ते समय मुझे बार-बार एक अंग्रेज़ी लेखक की बात याद आती रही : 'अर्से बाद अपनी पुरानी कहानियाँ पढ़ते हुए गहरा आश्चर्य होता है कि मैंने ही उन्हें कभी लिखा था। बार-बार यह भ्रम होता है कि मैं किसी अजनबी लेखक की कहानियाँ पढ़ रहा हूँ जिसे मैं पहले कभी जानता था। साथ-साथ एक अजीब किस्म का सुखद विस्मय भी होता है कि ये कहानियाँ एक ज़माने में उस व्यक्ति ने लिखी थीं, जो आज मैं हूँ।'

मेरे लिए यह आश्चर्य गूँगी किस्म की सुन्न उदासी से जुड़ा है। एक तरह का बचकाना क्षोभ—क्योंकि यह सन्देह बराबर कहीं कोंचता है कि अच्छी हों या बुरी, ये कहानियाँ, इस तरह की कहानियाँ अब लिखना असम्भव है। थोड़ी-बहुत

ख्याति मिल जाने पर (चाहे उसका कौड़ी-भर मूल्य न हो) हर लेखक अपनी शुरू-शुरू की निरीह कातरता (vulnerability) को खो देता है, जब लिखना छिपकर सिगरेट पीने की तरह या जुलाई की रातों में छतों पर जागने की तरह था—एक ख़ास किस्म की हिन्दुस्तानी व्यथा—जो न इधर है, न उधर है। यों तो शायद हर देशी-विदेशी लेखक को देर-सवेर अपना 'कुंवारापन' (sense of innocence) खो देना पड़ता है, किन्तु मैं इस ख्याल को कभी नहीं निगल पाता कि एक बार खो देने के बाद उसे दुबारा पकड़ने का भ्रम भी हटा देना चाहिए। औरों की बात कहना अनुचित है, पर मेरे लिए खोए हुए 'कुँवारेपन' की मरीचिका बहुत ज़रूरी है, जिसके पीछे ज़िन्दगी-भर सूने मरुस्थल में भागा जा सके। यह जानते हुए भी कि वह हमेशा पकड़ के बाहर है—लेकिन हमेशा बाहर रहेगी, इसका विश्वास ज़रूरी नहीं।

इन कहानियों को दुबारा पढ़ते हुए मुझे लगा है कि मेरे लिए हर कहानी एक नाकाम—और कभी-कभी सौभाग्य के क्षणों में—लगभग सफल कोशिश रही है कि जंगल के अन्तहीन सूनेपन में उस घास के टुकड़े तक लौट सकूँ जहाँ मैंने किसी अनजाने और मूर्खतापूर्ण क्षण में पहली बार के जीने, सूँघने, रोने और देखने को खो दिया था। एक अपराधी की तरह मैं बार-बार उस 'घटनास्थल' पर पहुँचना चाहता हूँ। मेरे लिए 'भोगे हुए यथार्थ' को पुनर्जीवित करने की आकाँक्षा कभी नहीं रही। अगर कभी आकाँक्षा रही है तो उन ख़ाली, वीरान जगहों को भरने की, जो भोगते हुए क्षण की बदहवासी और भुलाने को हड़बड़ाहट में अनछुए रह गए थे या जिन्हें छूने का साहस करना अपने-आपसे परे की बात लगा था।

यह वह बिन्दु है, जहाँ लिखने का जोखिम करीब-करीब जीने के भ्रम के साथ जुड़ जाता है। यह मौका है दुबारा जीने का। चेखव की एक बहुत पुरानी कहानी है, जब गाँव की मास्टरानी एक शाम घर लौटते हुए लेवल-क्रासिंग पर रेल के गुज़र जाने की प्रतीक्षा में खड़ी रहती है—शाम के सर्दीले धुँधलके में अपनी हताश, सूनी ज़िन्दगी में लिपटी हुई। कुछ देर बाद ट्रेन गुज़रती है—अचानक ट्रेन के एक डिब्बे में उसे एक डबडबाया चेहरा दिखाई देता है, हू-ब-हू अपनी माँ का चेहरा, हालाँकि उसकी माँ वर्षों पहले मर चुकी है—लेकिन चेहरा वही है, वही झुर्रियाँ हैं, वही दो पहचानी आँखों का भीगा आलोक। तब एक क्षण-भर के लिए चमकीला-सा बोध होता है कि गँवई-गाँव की अकेली मास्टरानी की आँखों से खुद चेखव अपनी ज़िन्दगी दुहरा रहे हों—एक गुज़रती हुई गाड़ी में मरी हुई माँ का चेहरा—उसकी एक टिमटिमाती झलक पकड़ पाना—यह उस मरीचिका की खोज है, जिसका ज़िक्र मैंने ऊपर किया था।

वर्षों विदेश में रहने के कारण मेरी कुछ कहानियों में शायद एक वीराने किस्म का 'प्रवासीपन' चला आया है—मुझे नहीं मालूम यह इन कहानियों को अच्छा बनाता है या बुरा। कुछ भी हो, इन्हें 'विदेशी कहानियाँ' कहना शायद ठीक न होगा। यों भी मुझे कहानियों, कविताओं को भौगोलिक खण्डों में विभाजित करना अरुचिकर और बहुत हद तक अर्थहीन लगता रहा है। ग्राहम ग्रीन ज़िन्दगी-भर इंग्लैण्ड के बाहर अपने उपन्यासों के कथानक ढूँढ़ते रहे—लेकिन रहे शुरू से लेकर आख़िर तक ठेठ अंग्रेज़ी लेखक। क्या लारेन्स की कहानियों—उपन्यासों को देशी-विदेशी कटघरों में बाँटना हास्यास्पद नहीं होगा? मैं यहाँ यह चीज़ अपनी कहानियों को 'बचाने' के लिए नहीं (इसकी मुझे कोई लालसा नहीं) केवल एक सीधी-सी बात को सीधे ढंग से रखने की कोशिश में कह रहा हूँ ताकि हम निरर्थक बहसों से छुटकारा पा सकें। दरअसल किसी लेखक की पृष्ठभूमि विदेशी है या देशी, यह चीज़ बहुत ही गौण है। उसका महत्त्व है तो सिर्फ इसमें कि किस सीमा तक और कितनी गहराई से वह किसी ख़ास स्थिति या नियति को खोल पाती है—बल्कि यूँ कहें, महत्त्व की कोई चीज़ है, तो सिर्फ यह ही—बाकी सब राख है।

आज सोचता हूँ तो मुझे स्वयं अपनी कहानियों की परिस्थितियाँ (देशी या परदेशी) ज़्यादा स्पष्ट रूप से याद नहीं आतीं। केवल एक धुँधली-सी स्मृति छाया की तरह हर कहानी के साथ जुड़ी रह गई है। ये कहानियाँ या इनमें से अधिकाँश अलग-अलग टुकड़ों में काफी लम्बे अन्तरालों के बीच लिखी गई थीं। 'परिन्दे' और 'अँधेरे में' के बारे में तो कुछ भी कहना असम्भव जान पड़ता है। पहाड़ी मकानों की एक ख़ास निर्जन किस्म की भुतैली आभा होती है। इसे शायद वही समझ सकते हैं, जिन्होंने अपने अकेले सांय-सांय करते बचपन के वर्ष, बहुत-से-वर्ष, एक साथ पहाड़ी स्टेशनों पर गुज़ारे हों। कई परेशान और ज्वर-ग्रस्त किस्म की कहानियाँ ('डेढ़ इंच ऊपर' या 'इतनी बड़ी आकाँक्षा') उन शराबघरों के बारे में हैं, जहाँ मैं बारिश और ठण्ड से बचने के लिए घड़ी-दो-घड़ी बैठ जाता था या जब रात इतनी आगे बढ़ जाती थी कि घर लौटना कायरता जान पड़ता था। यूरोप के अलग-अलग शहरों की स्मृति एक तरह से इन रातों के झुरमुट में दबी है। मुझमें चाहे कोई आकर्षण न हो, लेकिन किसी लुटी-पिटी 'बार' या 'पब' में पियक्कड़ों को—या ऐसे 'तलछटी' प्राणियों को, जो बहुत गहरे में जा चुके हों—अपनी तरफ़ खींचने की अद्भुत क्षमता रही है। मुझे देखते ही वे मेरी मेज़ के इर्द-गिर्द बैठ जाते थे। "You are a quiet Indian, aren't you?" (बाद में उनके

बीच मैं लम्बे अर्से तक इसी नाम से प्रसिद्ध रहा) उनकी ऊपर से अनर्गल दीखने वाली आत्मकथाओं में मुझे पहली बार उन अँधेरे कोनों से साक्षात्कार हुआ, जिन्हें मैं छिपाकर रखता आया था। आज मैं जो कुछ हूँ उसका एक हिस्सा इन अज्ञात लोगों की देन है—जो अब हमेशा के लिए दुनिया के अलग-अलग कोनों में खो गए हैं।

मुझे खुशी है, वे इन कहानियों को कभी नहीं पढ़ेंगे। यदि उन्हें मालूम होता कि उनके साथ रात गुज़ारने वाला 'कुआयट इण्डियन' कहानियाँ लिखकर जीवन काटता है, तो उन्हें सचमुच निराशा होती।

—निर्मल वर्मा

क्रम

दहलीज़

पिछली रात रूनी को लगा कि इतने बरसों बाद कोई पुराना सपना धीमे कदमों से उसके पास चला आया है, वही बंगला था, अलग कोने में पत्तों से घिरा हुआ, वह धीरे-धीरे फाटक के भीतर घुसी है...मौन की अथाह गहराई में लॉन डूबा है... शुरू मार्च की वासन्ती हवा घास को सिहरा-सहला जाती है...बहुत बरसों पहले के एक रिकार्ड की धुन छतरी के नीचे से आ रही है...ताश के पत्ते घास पर बिखरे हैं...लगता है, जैसे शम्मी भाई अभी खिलखिलाकर हँस देंगे और आपा (बरसों पहले, जिनका नाम जेली था) बंगले के पिछवाड़े क्यारियों को खोदती हुई पूछेंगी—रूनी, ज़रा मेरे हाथों को तो देख, कितने लाल हो गए हैं!

इतने बरसों बाद रूनी को लगा कि वह बंगले के सामने खड़ी है, और सब-कुछ वैसा ही है जैसा कभी बरसों पहले, मार्च के एक दिन की तरह था...कुछ भी नहीं बदला, वही बंगला है। मार्च की खुश्क-गरम हवा साँय-साँय करती चली आ रही है, सूनी-सी दुपहर को परदे के रिंग धीमे-धीमे खनखना जाते हैं...और वह घास पर लेटी है...बस, अब अगर मैं मर जाऊँ, उसने उस घड़ी सोचा था।

लेकिन वह दुपहर ऐसी न थी कि केवल चाहने-भर से कोई मर जाता। लॉन के कोने में तीन पेड़ों का एक झुरमुट था, ऊपर की फुनगियाँ एक-दूसरे से बार-बार उलझ जाती थीं। हवा चलने से उनके बीच आकाश की नीली फाँक कभी मुँद जाती थी, कभी खुल जाती थी। बंगले की छत पर लगे एरियल-पोल के तार को देखो, (देखो, तो घास पर लेटकर अधमुँदी आँखों से रूनी ऐसे ही देखती है) तो लगता है, जैसे वह हिल रहा है, हौले-हौले...अनझिप आँखों से देखो, (पलक बिल्कुल न मूँदो, चाहे आँखों में आँसू भर जाएँ तो भी...रूनी ऐसे ही देखती है) तो लगता है, जैसे तार बीच में से कटता जा रहा है और दो कटे हुए तारों के बीच आकाश की नीली फाँक आँसू की सतह पर हल्के-हल्के तैरने लगती है...

हर शनिवार की प्रतीक्षा हफ्ते-भर की जाती है।...वह जेली को अपने स्टाम्प-एल्बम के पन्ने खोलकर दिखलाती है और जेली अपनी किताब से आँखें उठाकर पूछती है—अर्जेण्टाइना कहाँ है? सुमात्रा कहाँ है?...वह जेली के प्रश्नों के पीछे फैली हुई असीम दूरियों के धूमिल छोर पर आ खड़ी होती है।...हर रोज़ नए-नए देशों के टिकटों से एल्बम के पन्ने भरते जाते हैं और जब शनिवार की दुपहर को शम्मी भाई होस्टल से आते हैं, तो जेली कुर्सी से उठ खड़ी होती है, उसकी आँखों में एक धुली-धुली-सी ज्योति निखर आती है और वह रूनी के कन्धे झिंझोड़कर कहती है—जा, ज़रा भीतर से ग्रामोफोन तो ले आ।

रूनी क्षण-भर रुकती है, वह जाए या वहीं खड़ी रहे? जेली उसकी बड़ी बहिन है, उसके और जेली के बीच बहुत-से वर्षों का सूना, लम्बा फासला है। उस फासले के दूसरे छोर पर जेली है, शम्मी भाई हैं, वह उन दोनों में से किसी को नहीं छू सकती। वे दोनों उससे अलग जीते हैं।...ग्रामोफोन महज़ एक बहाना है, उसे भेजकर जेली शम्मी भाई के संग अकेली रह जाएगी और तब...रूनी घास पर भाग रही है बंगले की तरफ...पीली रोशनी में भीगी घास के तिनकों पर रेंगती हरी, गुलाबी धूप और दिल की धड़कन, हवा, दूर की हवा के मटियाले पंख एरियल पोल को सहला जाते हैं सर्र-सर्र, और गिरती हुई लहरों की तरह झाड़ियाँ झुक जाती हैं। आँखों से फिसलकर वह बूँद पलकों की छाँह में काँपती है, जैसे वह दिल की एक धड़कन है, जो पानी में उतर आई है।

शम्मी भाई जब होस्टल से आते हैं, तो वे सब उस शाम लॉन के बीचोंबीच कैनवास की पैराशूटनुमा छतरी के नीचे बैठते हैं। ग्रामोफोन पुराने ज़माने का है और शम्मी भाई हर रिकार्ड के बाद चाभी देते हैं, जेली सुई बदलती है और वह, रूनी, चुपचाप चाय पीती रहती है। जब कभी हवा का कोई तेज़ झोंका आता है, तो छतरी धीरे-धीरे डोलने लगती है, उसकी छाया चाय के बर्तनों, टीकोज़ी और जेली के सुनहरी बालों को हल्के से बुहार जाती है और रूनी को लगता है कि किसी दिन हवा का इतना ज़बरदस्त झोंका आएगा कि छतरी धड़ाम से नीचे आ गिरेगी और वे तीनों उसके नीचे दब मरेंगे।

शम्मी भाई जब अपने होस्टल की बातें बताते हैं, तो वह और जेली विस्मय और कौतूहल से टुकुर-टुकुर उनके चेहरे, उनके हिलते हुए होंठों को निहारती हैं। रिश्ते में शम्मी भाई चाहे उनके कोई न लगते हों, किन्तु उनसे जान-पहचान इतनी पुरानी है कि अपने-पराए का अन्तर कभी उनके बीच आया हो, याद नहीं पड़ता। होस्टल में जाने से पहले जब वह इस शहर में आए, तो अब्बा के कहने पर

कुछ दिन उन्हीं के घर रहे थे। अब कभी वह शनिवार को उनके घर आते हैं, तो अपने संग जेली के लिए यूनिवर्सिटी लायब्रेरी से अंग्रेज़ी के उपन्यास और अपने मित्रों से माँगकर कुछ रिकार्ड लाना नहीं भूलते।

आज इतने बरसों बाद भी जब उसे शम्मी भाई के दिए हुए अजीबोगरीब नाम याद आते हैं, तो हँसी आए बिना नहीं रहती। उनकी नौकरानी मेहरू के नाम को चार चाँद लगाकर शम्मी भाई ने उसे कब सदियों पहले की सुकुमार शहज़ादी मेहरुन्निसा बना दिया, कोई नहीं जानता। वह रेहाना से रूनी हो गई और आपा पहले बेबी बनीं, उसके बाद जेली आइसक्रीम और आखिर में बेचारी सिर्फ जेली बनकर रह गईं। शम्मी भाई के नाम इतने बरसों बाद भी, लॉन की घास और बंगले की दीवारों से लिपटी बेल-लताओं की तरह चिरन्तन और अमर हैं।

ग्रामोफोन के घूमते हुए तवे पर फूल-पत्तियाँ उग आती हैं, एक आवाज़ उन्हें अपने नरम, नंगे हाथों से पकड़कर हवा में बिखेर देती है, संगीत के सुर झाड़ियों में हवा से खेलते हैं, घास के नीचे सोई हुई भूरी मिट्टी पर तितली का नन्हा-सा दिल धड़कता है...मिट्टी और घास के बीच हवा का घोंसला काँपता है...काँपता है...और ताश के पत्तों पर जेली और शम्मी भाई के सिर झुकते हैं, उठते हैं, मानो वे दोनों चार आँखों से घिरी साँवली झील में एक-दूसरे की छायाएँ देख रहे हों।

और शम्मी भाई जो बात कहते हैं, उस पर विश्वास करना, न करना कोई माने नहीं रखता। उसके सामने जैसे सब कुछ छूट जाता है, सब कुछ खो जाता है...और कुछ ऐसी चीज़ें हैं, जो चुप रहती हैं और जिन्हें जब रूनी रात को सोने से पहले सोचती है, तो लगता है कि कहीं एक गहरा, धुँधला-सा गड्ढा है, जिसके भीतर वह फिसलते-फिसलते बच जाती है, और नहीं गिरती है तो मोह रह जाता है न गिरने का।...और जेली पर रोना आता है, गुस्सा आता है। जेली में क्या कुछ है कि शम्मी भाई जो उसमें देखते हैं, वह रूनी में नहीं देखते? और जब शम्मी भाई जेली के संग रिकार्ड बजाते हैं, ताश खेलते हैं, (मेज़ के नीचे अपना पाँव उसके पाँव पर रख देते हैं) तो वह अपने कमरे की खिड़की के परदे के परे चुपचाप उन्हें देखती रहती है, जहाँ एक अजीब-सी मायावी रहस्यमयता में डूबा झिलमिल-सा सपना है और परदे को खोलकर पीछे देखना, यह क्या कभी नहीं हो पाएगा, कभी नहीं हो पाएगा?

मेरा भी एक रहस्य है जो ये नहीं जानते, कोई नहीं जानता। रूनी ने आँखें

मूँदकर सोचा, मैं चाहूँ तो कभी भी मर सकती हूँ, उन तीन पेड़ों के झुरमुट के पीछे, ठंडी गीली घास पर, जहाँ से हवा में डोलता हुआ एरियल पोल दिखाई देता है।

हवा में उड़ती हुई शम्मी भाई की टाई...उनका हाथ, जिसकी हर अँगुली के नीचे कोमल-सफेद खाल पर लाल-लाल-से गड्ढे उभर आए थे, छोटे-छोटे चाँद-से गड्ढे, जिन्हें अगर छूओ, मुट्ठी में भींचो, हल्के-हल्के से सहलाओ, तो कैसा लगेगा? सच, कैसा लगेगा? किन्तु शम्मी भाई को नहीं मालूम कि वह उनके हाथ को देख रही है, हवा में उड़ती हुई उनकी टाई, उनकी झिपझिपाती आँखों को देख रही है।

ऐसा क्यों लगता है कि एक अपरिचित डर की खट्टी-खट्टी-सी खुशबू उसे अपने में धीरे-धीरे घेर रही है, उसके शरीर के एक-एक अंग की गाँठ खुलती जा रही है और मन रुक जाता है...और लगता है कि लॉन से बाहर निकलकर वह धरती के अन्तिम छोर तक आ गई है और उसके परे केवल दिल की धड़कन है, जिसे सुनकर उसका सिर चकराने लगता है। (क्या उसके संग ही यह होता है, या जेली के संग भी?)

—तुम्हारी एल्बम कहाँ है?—शम्मी भाई धीरे-से उसके सामने आकर खड़े हो गए। उसने घबराकर शम्मी भाई की ओर देखा। वे मुस्करा रहे थे।

—जानती हो, इसमें क्या है?—शम्मी भाई ने उसके कन्धे पर हाथ रख दिया। रूनी का दिल धौंकनी की तरह धड़कने लगा। शायद शम्मी भाई वही बात कहने वाले हैं, जिसे वह अकेले में, रात को सोने से पहले कई बार मन-ही-मन सोच चुकी है। शायद इस लिफाफे के भीतर एक पत्र है, जो शम्मी भाई ने चुपके से उसके लिए, केवल उसके लिए लिखा है। उसकी गर्दन के नीचे फ्राक के भीतर से ऊपर उठती हुई कच्ची-सी गोलाइयों में मीठी-मीठी-सी सुइयाँ चुभ रही हैं, मानो शम्मी भाई की आवाज़ ने उसकी नंगी पसलियों को हौले से उमेठ दिया हो। उसे लगा, चाय की केतली की टीकोज़ी पर जो लाल-नीली मछलियाँ काढ़ी गई हैं, वे अभी उलझकर हवा में तैरने लगेंगी और शम्मी भाई सब-कुछ समझ जाएंगे... उनसे कुछ भी छिपा न रहेगा।

शम्मी भाई ने वह नीला लिफाफा मेज़ पर रख दिया और उसमें से टिकट निकालकर मेज़ पर बिखेर दिए।

—ये तुम्हारी एल्बम के लिए हैं...

वह एकाएक कुछ समझ नहीं सकी। उसे लगा, जैसे उसके गले में कुछ

फँस गया है और उसकी पहली और दूसरी साँस के बीच एक खाली अँधेरी खाई खुलती जा रही है...

जेली, जो माली के फावड़े से क्यारी खोदने में जुटी थी, उनके पास आकर खड़ी हो गई और अपनी हथेली हवा में फैलाकर बोली—देख रूनी, मेरे हाथ कितने लाल हो गए हैं!

रूनी ने अपना मुँह फेर लिया।...वह रोएगी, बिल्कुल रोएगी, चाहे जो कुछ हो जाए...

चाय खत्म हो गई थी। मेहरुन्निसा ताश और ग्रामोफोन भीतर ले गई और जाते-जाते कह गई कि अब्बा उन सबको भीतर आने के लिए कह रहे हैं। किन्तु रात होने में अभी देर थी और शनिवार को इतनी जल्दी भीतर जाने के लिए किसी के मन में कोई उत्साह नहीं था। शम्मी भाई ने सुझाव दिया कि वे कुछ देर के लिए वाटर रिज़र्वायर तक घूमने चलें। उस प्रस्ताव पर किसी को कोई आपत्ति नहीं थी और वे कुछ ही मिनटों में बंगले की सीमा पार करके मैदान की ऊबड़-खाबड़ ज़मीन पर चलने लगे।

चारों ओर दूर-दूर तक भूरी-सूखी मिट्टी के ऊँचे-नीचे टीलों और ढूहों के बीच बेरों की झाड़ियाँ थीं, छोटी-छोटी चट्टानों के बीच सूखी घास उग आई थी, सड़ते हुए पीले पत्तों से एक अजीब, नशीली-सी बोझिल, कसैली गन्ध आ रही थी, धूप की मैली तहों पर बिखरी-बिखरी-सी हवा थी।

शम्मी भाई सहसा चलते-चलते ठिठक गए।

—रूनी कहाँ है?

—अभी तो हमारे आगे-आगे चल रही थी—जेली ने कहा। उसकी साँस ऊपर चढ़ती है और बीच में ही टूट जाती है।

दोनों की आँखें मैदान के चारों ओर घूमती हैं...मिट्टी के ढूहों पर पीली धूल उड़ती है।...लेकिन रूनी वहाँ नहीं है, बेर की सूखी, मटियाली झाड़ियाँ हवा में सरसराती हैं, लेकिन रूनी वहाँ नहीं है।...पीछे मुड़कर देखो, तो पगडंडियों के पीछे पेड़ों के झुरमुट में बंगला छिप गया है, लॉन की छतरी छिप गई है, केवल उनके शिखरों के पत्ते दिखाई देते हैं, और दूर ऊपर फुनगियों का हरापन सफेद चाँदी में पिघलने लगा है। धूप की सफेदी पत्तों से चाँदी की बूँदों-सी टपक रही है।

वे दोनों चुप हैं।...शम्मी भाई पेड़ की टहनी से पत्थरों के इर्द-गिर्द टेढ़ी-मेढ़ी आकृतियाँ खींच रहे हैं। जेली एक बड़े-से चौकोर पत्थर पर रूमाल बिछाकर बैठ गई है। दूर मैदान के किसी छोर से स्टोन-कटर मशीन का घरघराता स्वर सफेद

हवा में तिरता आता है—मुलायम रूई में ढकी हुई आवाज़ की तरह, जिसके नुकीले कोने झर गए हैं।

—तुम्हें यहाँ आना बुरा तो नहीं लगता? —शम्मी भाई ने धरती पर सिर झुकाए धीमे स्वर में पूछा।

—तुम झूठ बोले थे।—जेली ने कहा।

—कैसा झूठ, जेली?

—तुमने बेचारी रूनी को बहकाया था, अब वह न जाने कहाँ हमें ढूँढ़ रही होगी।

—वह वाटर रिज़र्वायर की ओर गई होगी, कुछ ही देर में वापस आ जाएगी।—शम्मी भाई उसकी ओर पीठ मोड़े टहनी से धरती पर कुछ लिख रहे हैं।

जेली की आँखों पर एक छोटा-सा बादल उमड़ आया है, क्या आज शाम कुछ नहीं होगा, क्या ज़िन्दगी में कभी कुछ नहीं होगा? उसका दिल रबड़ के छल्ले की मानिन्द खिंचता जा रहा है...खिंचता जा रहा है।

—शम्मी! ...तुम यहाँ मेरे संग क्यों आए?—और वह बीच में ही रुक गई। उसकी पलकों पर रह-रहकर एक नरम-सी आहट होती है और वे मुँद जाती हैं, अँगुलियाँ स्वयं-चालित-सी मुट्ठी में भिंच जाती हैं, फिर अवश-सी आप-ही-आप खुल जाती हैं।

—जेली, सुनो...

शम्मी भाई जिस टहनी से ज़मीन को कुरेद रहे थे, वह टहनी काँप रही है। शम्मी भाई के इन दो शब्दों के बीच कितने पत्थर हैं, बरसों-सदियों के पुराने, खामोश पत्थर, कितनी उदास हवा है और मार्च की धूप है जो इतने बरसों बाद इस शाम को उनके पास आई है और फिर कभी नहीं लौटेगी।...शम्मी भाई! प्लीज़! ...प्लीज़!—जो कुछ कहना है, अभी कह डालो, इसी क्षण कह डालो! क्या आज शाम कुछ नहीं होगा, क्या ज़िन्दगी में कभी कुछ नहीं होगा?

वे बंगले की तरफ चलने लगे—ऊबड़-खाबड़ धरती पर उनकी खामोश छायाएँ ढलती हुई धूप में सिमटने लगीं। ...ठहरो! बेर की झाड़ियों के पीछे छिपी हुई रूनी के होंठ फड़क उठे, ठहरो...एक क्षण! लाल-भुरभुरे पत्तों की ओट में भूला हुआ सपना झाँकता है, गुनगुनी-सी सफेद हवा, मार्च की पीली धूप, बहुत दिन पहले सुने हुए रिकार्ड की जानी—पहचानी ट्यून, जो चारों ओर फैली घास के तिनकों पर बिछल गई है...सब-कुछ इन दो शब्दों पर थिर हो गया है, जिन्हें शम्मी भाई ने टहनी से धूल कुरेदते हुए धरती पर लिख दिया था, 'जेली...लव'

जेली ने उन शब्दों को नहीं देखा। इतने बरसों बाद आज भी जेली को नहीं मालूम कि उस शाम शम्मी भाई ने काँपती टहनी से जेली के पैरों के पास क्या लिख दिया था। आज इतने लम्बे अर्से बाद समय की धूल इन शब्दों पर जम गई है।...शम्मी भाई, वह और जेली तीनों एक-दूसरे से दूर दुनिया के अलग-अलग कोनों में चले गए हैं, किन्तु आज भी रूनी को लगता है कि मार्च की उस शाम की तरह वह बेर की झाड़ियों के पीछे छिपी खड़ी है, (शम्मी भाई समझते थे कि वह वाटर रिज़र्वायर की ओर चली गई थी) किन्तु वह सारे समय झाड़ियों के पीछे साँस रोके निस्पन्द आँखों से उन्हें देखती रही थी, उस पत्थर को देखती रही थी, जिस पर कुछ देर पहले तक शम्मी भाई और जेली बैठे थे।... आँसुओं के पीछे से सब कुछ धुँधला-धुँधला-सा हो जाता है।...शम्मी भाई का काँपता हाथ, जेली की अधमुँदी-सी आँखें, क्या वह उन दोनों की दुनिया में कभी प्रवेश नहीं कर पाएगी?

कहीं सहमा-सा जल है और उसकी छाया है, उसने अपने को देखा है और आँखें मूँद ली हैं। उस शाम की धूप के परे एक हल्का-सा दर्द है, आकाश के उस नीले टुकड़े की तरह, जो आँसू के एक कतरे में ढरक आया था। इस शाम से परे बरसों तक स्मृति का उद्भ्रान्त पाखी किसी सूनी घड़ी में ढकी हुई उस धूल पर मँडराता रहेगा, जहाँ केवल इतना-भर लिखा है, 'जेली...लव'।

उस रात जब उनकी नौकरानी मेहरुन्निसा छोटी बीबी के कमरे में गई, तो स्तम्भित-सी खड़ी रह गई। उसने रूनी को पहले कभी ऐसा न देखा था।

—छोटी बीबी, आज अभी से सो गईं!—मेहरू ने बिस्तर के पास आकर कहा।

रूनी चुपचाप आँखें मूँदे लेटी है। मेहरू और पास खिसक आई। धीरे-से उसके माथे को सहलाया—छोटी बीबी, क्या बात है?

और तब रूनी ने अपनी पलकें उठा लीं, छत की ओर एक लम्बे क्षण तक देखती रही, उसके पीले चेहरे पर एक रेखा खिंच आई...मानो वह एक दहलीज़ हो, जिसके पीछे, बचपन सदा के लिए छूट गया हो...

—मेहरू, ...बत्ती बुझा दे।—उसने संयत-निर्विकार स्वर में कहा—देखती नहीं, मैं मर गई हूँ!

अँधेरे में

बीच की तीन पगडंडियों को पार करके बानो आती थी। आते ही पूछती थी, ''कुछ पता चला?'' मेरा मन झूठ बोलने के लिए मचल उठता। सोचता, कह दूँ—''हाँ, पता चल गया...हम दिल्ली जा रहे हैं।'' लेकिन बानो झूठ ताड़ जाएगी, इसलिए आँखें मूँदे रहता।

बानो मेरे माथे पर हाथ रखती। जब उसका हाथ ठंडा लगता, मैं जान जाता कि अभी बुखार है, जब गरम लगता तो मन उल्लसित हो उठता। आँखें खोलकर पूछता—''कैसा लगता है बानो?'' और बानो निराशा-भरे स्वर में कहती, ''अभी तो कम है, लेकिन शाम तक ज़रूर चढ़ जाएगा।'' बानो समझती थी कि जब तक बुखार रहेगा, हम उसके संग शिमले में ही रहेंगे—बुखार उतरने लगता, तो उसे निराशा होती। जब कभी बानो की आहट मिल जाती, मैं जान-बूझकर पास रखे ठंडे पानी से अपना माथा रगड़ लेता। जब वह आती तो उसका हाथ अपने माथे पर रखकर पूछता, ''देख तो बानो, कितना ठंडा है!'' बानो गुमसुम-सी खिड़की के बाहर देखती रहती।

खिड़की के बाहर नीले जंगल हैं, ऊँची-ऊँची पहाड़ियाँ हैं, पेड़ों के घने झुरमुट हैं। जब हवा का झोंका परदे को डुलाता हुआ भीतर आता है, दूर-दिगन्त की एक स्वप्निल-सी खुशबू कमरे में बिखर जाती है।

''इन पहाड़ों के पीछे दिल्ली है, है न बानो?'' मैं पूछता हूँ।

बानो ने चुपचाप सिर हिला दिया—उसे दिल्ली की बातों में कोई दिलचस्पी नहीं थी। कभी-कभी मुझे उस पर काफी तरस आता—उस बेचारी ने अब तक दिल्ली नहीं देखी थी। उसके अब्बा का दफ्तर बारहों महीने शिमले में रहता था।

''मैं आज गई थी—अपने घर,'' बानो ने कहा। जिस 'अपने घर' का नाम सुनकर मैं सब कुछ भूल जाता था, आज उसके प्रति मेरे मन में कोई उत्सुकता नहीं जगी।

"मेरे अलूचे तुम ले लेना...बानो," मैं आँखे मूँदे लेटा रहा।

"तुम्हारे गले-सड़े अलूचे कौन खाएगा, जब दिल्ली जाओगे, अपनी पोटली में बाँधकर ले जाना।" बानो खीजकर बाहर बरामदे में भाग गई।

मुझे गुस्सा लगा। लेकिन बीमारी में गुस्सा भी टूटा-टूटा आता है, कोई भी भाव अन्त तक नहीं पहुँच पाता, बीच रास्ते में ही सूख जाता है। जब रोने को जी करता है, तो रोना नहीं आता, आँखें ही बिफरी-सी रह जाती हैं। जब खुशी होती है, तो दिल तेज़ी से नहीं धड़कता, केवल होंठ काँपकर रह जाते हैं।

इन दिनों मेरे कमरे में आने से पहले बानो की तलाशी ली जाती थी कि कहीं वह खट्टे अलूचे और कच्ची खूबानियाँ लुक-छिपकर भीतर न ले आए। उसके दुपट्टे के सिरे में नमक-मिर्च की पुड़िया बँधी रहती—बीमारी से पहले अलूचों को उनमें भिगोकर हम चटनी बनाया करते थे।

बानो ने जिसे अभी 'अपने घर' कहा था, वह पड़ोस में एक भुतहा मकान था, जो बारहों महीने खाली-उजाड़ पड़ा रहता था। कहते थे, वहाँ एक मेम ने अपने हाथों से अपने को जान से मार लिया था। उस मकान का एक कमरा गुसलखाने में खुलता था—वहीं मैं और बानो अपनी कच्ची-पक्की खूबानियों और अलूचों का खज़ाना छिपाकर रखते थे। यह एक गुप्त व्यापार था, जिसकी खबर अभी तक किसी तीसरे व्यक्ति के कान में नहीं पड़ी थी।

बानो बाहर बरामदे में देर तक झूला झूलती रही। जब वह झोंटा लेकर झूला ऊपर लाती है, उसकी शलवार गुब्बारे-सी फूल जाती है। झूले को ऊपर-नीचे घूमता देखते हुए मेरी आँखें झपकने लगीं। कब आँख लग गई, याद नहीं आता। सपना आया था। दुपहर को सोते हुए जो सपना आता है, वह मुझे हमेशा याद रहता है। दफ्तर से बाबू का टिफिन लेने के लिए चपरासी आया है। उसने हँसते हुए बताया है कि हम दिल्ली जा रहे हैं। भुतहा मकान के कमरे की खिड़की से बानो मेरे अलूचों को बाहर फेंक रही है और दूर पहाड़ियों में कालका-शिमला की रेल में वही मेम बैठी है, जिसने आत्महत्या की थी। बानो जो अलूचे बाहर फेंकती है, रेल के डिब्बे से वही मेम खिड़की से हाथ बाहर निकालकर उन्हें पकड़ती जा रही है।

जब मेरी आँख खुली तो बानो कब की जा चुकी थी।

शाम को माँ चाय लेकर आई, तो मैंने पूछा—"चपरासी आया था?" माँ ने हैरान होकर कहा—"हाँ आया था, क्यों?" "कुछ कहता था?" मैंने पूछा। माँ ने कहा, "नहीं—क्यों, क्या बात है?" मैं कुछ नहीं बोला, और तकिये के सहारे अधलेटा-सा चाय पीने लगा।

माँ ने थर्मामीटर लगाकर देखा, फिर झटक दिया। पहले मैं अपना बुखार पूछ लिया करता था, किन्तु जब देखा कि माँ झूठ बताती है, तो पूछना छोड़कर केवल उनके चेहरे को पढ़ने की कोशिश किया करता था। कभी-कभी माँ मेरे गम्भीर चेहरे को देखकर कहतीं—'जल्दी ठीक हो जाओ, फिर दिल्ली चलेंगे।' वह इस निश्छल, हल्के ढंग से कहती, मानो ठीक होना मेरे बस की बात है, जैसे मैं जान-बूझकर ज़िद किए हुए बीमार पड़ा हूँ और वह मुझे ठीक होने के लिए फुसला-मना रही है। इससे मुझे गुस्सा आता और मैं करवट बदलकर खिड़की की ओर मुँह मोड़ लेता। किन्तु उन्हें काफी देर तक पता नहीं चलता कि मैं गुस्सा किए हुए हूँ। मैं अपने पाँव ऐंठ लेता, दोनों हाथों की मुट्ठियाँ बन्द कर लेता और दाँतों को भींचता हुआ ज़ोर-ज़ोर से साँस लेने लगता। माँ, जो खिड़की से बाहर देख रही होतीं, एकदम घबरा उठतीं। मेरे चेहरे को देखतीं, फिर एक ठंडी साँस लेकर मेरे सिरहाने बैठ जातीं। न जाने मैं कैसे जान लेता कि वह मेरे अभिनय को भाँप गई हैं। किन्तु ऊपर से वह कुछ नहीं जतलातीं...धीरे से आलमारी से कैडबरी चॉकलेट निकालकर तेरे तकिये के नीचे रख देतीं। "बाबू को मत बताना," उन्होंने मेरे बालों को अपनी अँगुलियों से सहलाते हुए कहा। दूसरे क्षण वह मुझे भूल गईं। उनकी अँगुलियों के अनिश्चित, अर्ध-सोए स्पर्श से मुझे पता चल जाता कि वह स्वयं मुझसे कोसों दूर खो गई हैं। चॉकलेट जो मुझे दी है, वह मुझे रिझाने नहीं, बल्कि मुझसे छुटकारा पाने के लिए, जिससे वह बिना किसी विघ्न-बाधा के अपने में सिमटी रह सकें। ऐसे क्षणों में मैं चुपचाप उनकी ओर देखता रहता। वह नहीं जानतीं कि मैं उनकी ओर देख रहा हूँ। उनके चेहरे के बल ढीले पड़ जाते, सब उतार-चढ़ाव मिट जाते और एक शून्य-सी समतलता बिछ जाती। मुझे लगता जैसे उनकी आँखों में सूखी तपिश की गरमाई-सी फैल गई है, किन्तु दूसरे क्षण ही भ्रम होता है कि उनमें धुँधला-सा गीलापन है जो चमक रहा है। मुझे अक्सर यह खुशफहमी होती कि वह मेरी बीमारी के सम्बन्ध में सोच रही हैं—हालाँकि भीतर-ही-भीतर मुझे मालूम था कि ऐसे क्षणों में उनके खयालों से मेरा दूर का भी वास्ता नहीं है।

तब मैंने धीरे से उनके हाथ पर अपना हाथ रख दिया। वह एकदम हड़बड़ाकर चौंक गईं। मुझे लगा, जैसे मैं उन्हें ज़बर्दस्ती कहीं बहुत दूर से खींच लाया हूँ। वह मुझे कुछ देर तक घूरती रहीं। फिर अचानक मेरे होंठों को चूम लिया। मैंने कमीज़ की बाँह से अपने होंठों को पोंछा, वह मुस्कराने लगीं।

"बच्ची...एक बात पूछूँ?"

"क्या?"

"अगर मैं कहीं चली जाऊँ, तो क्या तुम मुझे समझोगे?"

माँ अपलक, एकटक मुझे देख रही हैं।

"क्या मैं भी तुम्हारे संग चलूँगा?"

"न।"—उन्होंने सिर हिलाया।

"बाबू के संग जाओगी?"

"न।"

"फिर...?" मैं विस्मित-सा उनकी ओर देखता रहा।

वह हँसने लगीं और संग पलंग पर लेट गईं।

मैंने अपने गाल उनके गालों से सटा लिये। माँ बहुत खूबसूरत हैं। घर में सब उनसे डरते हैं; मुझे कभी-कभी काफी आश्चर्य होता है कि उनमें कौन-सी ऐसी बात है जो सबको आतंकित किए रहती है। वैसे डर मुझे भी लगता है उनकी आँखों से, जब वह मेरे पास बैठकर मुझे देखती हैं।

मैं बहुत दिन पहले बाबू के संग उनके एक मित्र के घर गया था। वापस आते हुए हमें पहाड़ी नाले के संग-संग ऊपर चढ़ना पड़ा था। ऊपर आकर हम पेड़ों के घने अँधेरे झुरमुट के बीच कुछ देर के लिए सुस्ताने खड़े हो गए थे। मैं उस जगह की वीरान चुप्पी से डर गया था।

आज जब कभी मैं माँ की आँखों को देखता हूँ, तो न जाने क्यों मुझे उस रात जंगल के झुरमुट का घना-घना-सा अँधेरा याद आ जाता है।

संगमरमर-सी चिकनी सफेद उनकी बाँहें हैं, जिन्हें मैं शरमाते-शरमाते छूता हूँ। वह अपने बालों को बहुत कसकर बाँधती हैं, इसलिए उनका माथा इतना चौड़ा दिखाई देता है। बालों के बीचों-बीच सीधी माँग है—जिसे देखकर अक्सर मैं उदास हो जाता हूँ। उनके कान बहुत छोटे-छोटे हैं, गुड़िया के कानों से—जिन्हें वे अपने बालों के भीतर छिपाए रखती हैं। जब कभी वे मुझसे सटकर लेटती हैं, तो मैं उनके कानों को बालों के भीतर से निकाल लेता हूँ। मुझे बानो की बात याद आती है और मेरे सारे शरीर में एक हल्की-सी झुरझुरी फैलने लगती है। "जिनके कान छोटे होते हैं," बानो ने एक दिन कहा था, "वे लोग बहुत जल्दी मर जाते हैं।" मैंने यह बात माँ को नहीं बताई है, सोचता हूँ, जब वह मरने लगेंगी तो कह दूँगा कि वह अपने छोटे-छोटे कानों की वजह से ही मर रही हैं।

कभी-कभी मुझे लगता है कि उन्हें मेरी बीमारी की विशेष चिन्ता नहीं है।

मुझे लगता है कि वह यह भी भूल जाती हैं कि मैं बीमार हूँ। एक दिन जब मैंने केक खाने की इच्छा प्रकट की, तो उन्होंने बुआ अथवा बाबा की तरह मेरी नाजायज़ माँग का कोई विरोध नहीं किया। चुपचाप आलमारी से केक का एक टुकड़ा तश्तरी में रखकर मेरे सामने धर दिया और खुद आँखें मूँदकर कुर्सी पर लेटी रहीं। मुझे कुछ बुरा लगा और केक खाने की मेरी इच्छा उसी क्षण मर गई। मुझे भय था कि कुछ भी खा लेने से बीमारी लम्बी हो जाएगी, और तब दिल्ली जाने का दिन और भी टल जाएगा।

मुझे मालूम है—माँ दिल्ली नहीं जाना चाहतीं। इसका कारण मुझे आज भी समझ में नहीं आता, किन्तु एक बार उन्होंने यह बात बीरेन चाचा से कही थी।

कभी-कभी चोरी-चुपके से मैं माँ के कमरे में जाता हूँ। पिछले कुछ महीनों से माँ और बाबू अलग-अलग, अपने-अपने कमरे में सोते हैं। पहले मुझे यह बात कुछ अजीब-सी लगी थी—किन्तु कुछ चीज़ें हैं, जिन्हें मैं किसी से नहीं पूछता। मन का एक कोना है, जिसमें सबकी आँखों से छिपाकर उन्हें दबा देता हूँ।

माँ का कमरा छज्जे के अन्तिम सिरे पर है। मुझे अपने कमरे से उनके कमरे की दो खिड़कियाँ दिखाई देती हैं—खिड़कियों के बीच दीवार का छोटा-सा टुकड़ा है, जिस पर पत्तों की जालीदार छाया हर शाम सिमट आती है। कभी-कभी खिड़की का नीला परदा उड़कर दीवार से चिपक जाता है, तब पत्तों की जाली दीवार से उठकर परदे पर मँडराने लगती है। खुली खिड़की से माँ का सिर दिखाई देता है। जब वह सिर ज़रा ऊपर उठाती हैं, तो धूप में उनका जूड़ा सुनहरा-सा होकर चमक उठता है। मैं समझ जाता हूँ, माँ खिड़की के पास कुर्सी पर बैठी पढ़ रही हैं।

मैं कई बार माँ के कमरे में गया हूँ—सोफे पर, उनके पलंग पर, तकिये के पास, पलंग के नीचे किताबें बिखरी रहती हैं। माँ को शायद बहुत कम नींद आती है—रात को अनेक बार मैंने उनके कमरे में बत्ती का प्रकाश देखा है। सोचता हूँ, वह इन्हीं किताबों को पढ़ती रहती होंगी।

एक बार मैंने कोई किताब खोली थी, उस पर छोटे-छोटे, टेढ़े-नीले अक्षरों में बीरेन चाचा का नाम लिखा था—मैं मन्त्र-मुग्ध-सा उन अक्षरों में खो गया था। बाद में वह नाम मैंने माँ के कमरे में रखी अनेक किताबों पर देखा था।

मुझे बीरेन चाचा की छोटी-सी कॉटेज याद आती है, जहाँ एक दिन मैं माँ के संग गया था। एक बड़े कमरे में छत तक किताबें चुनी रखी थीं। हर शेल्फ के नीचे छोटी-छोटी सीढ़ियाँ खड़ी थीं, जिन पर चढ़कर किताबों को उतारना पड़ता

था। दूसरे कमरे में टेढ़ी-मेढ़ी बेडौल शक्लों के अजीब-से चित्र टँगे थे, जिन्हें देखकर मैं स्तम्भित-सा खड़ा रह गया था। बाबू बताते हैं कि लड़ाई से पहले बीरेन चाचा ने इन चित्रों को योरुप में खरीदा था। मुझे बीरेन चाचा पर कभी अचम्भा होता, कभी दया आती—वह बारहों महीने सर्दी, गर्मी में इस निर्जन, अकेले मकान में कैसे रह पाते होंगे?

बाबू के मित्रों में शायद बीरेन चाचा का स्थान सबसे अलग है। बाबू केवल उनके संग मेरे कमरे में चाय पीते हैं—उनके अन्य मित्र बाहर बैठक में बैठते हैं। जब वह आते हैं, उस शाम मुझे जल्दी सोने के लिए मजबूर नहीं किया जाता—देर तक मेरे कमरे में ही बातचीत होती है। मेरे लिए ये रातें बहुत सुखद होती हैं।

एक शाम बीरेन चाचा जब हमारे घर आए, तो उनकी वेश-भूषा देखकर उन्हें एकदम नहीं पहचान सका। घुटनों तक लम्बे बूट, एक कन्धे पर खाकी थैला, दूसरे पर कैमरा और सिर पर सोला हैट—इस पोशाक में उनकी छोटी-सी दाढ़ी बड़ी बेमेल और कृत्रिम-सी लग रही थी। पैंट की दोनों जेबों में किताबें ठूँस रखी थीं।

वह मेरे पलंग के पास आए और मुझ से हाथ मिलाया। वह मुझ से ऐसे पेश आते हैं—जैसे मैं बीमार हूँ ही नहीं और न कभी मेरी तबीयत ही पूछते हैं।

माँ पास की कुर्सी पर बैठी बुन रही थीं—एक बार उन्होंने बीरेन चाचा को देखा और फिर सिर झुका लिया।

उन्होंने बताया कि वह एक रात के लिए कुफ्री जा रहे हैं, रेस्ट हाउस में ही ठहरेंगे और अगले दिन शाम तक वापस लौट आएँगे।

''कहते हैं—रेस्ट हाउस का चौकीदार बड़ा काबिल आदमी है। वह पिछले तीन साल से कुफ्री में रह रहा है—उससे शायद कुफ्री के बारे में बहुत-सी बातें मालूम होंगी।'' वीरेन चाचा ने कहा।

माँ के चेहरे पर हल्की-सी मुस्कान सिमट आई, मानो उनकी आँखों में बीरेन चाचा की बात रत्ती-भर मूल्य नहीं रखती।

''इस तरह के इंटरव्यू तुम कितने बरसों से ले रहे हो।'' माँ ने आँखें झुकाए, बुनते हुए कहा।

''ओह, तुम्हें विश्वास नहीं होता—लेकिन तुम्हें मेरे नोट्स देखने चाहिए।'' बीरेन चाचा की नीली आँखें चमक उठीं। वह जब कभी अपनी किताब 'शिमला का इतिहास' का ज़िक्र छेड़ते हैं, माँ ऐसे ही हँसती हैं।

''कभी-कभी इस किताब के सिलसिले में खोज करते हुए अजीब चीज़ें मिल जाती हैं।''

''कैसी चीज़ें, बीरेन चाचा?'' मैं बीरेन चाचा की किताब के बारे में काफी उत्सुकता दिखलाता हूँ। मुझे मालूम है, इससे उन्हें काफी प्रसन्नता होती है।

''एक बहुत पुरानी फोटो मिली थी—किसी अंग्रेज़ ने ली होगी।''

''क्या था फोटो में?'' एक बार माँ की आँखें सलाइयों से ऊपर उठ जाती हैं।

''रेस-कोर्स की भीड़ दिखाई गई है...बहुत-से लोग भीड़ में खो गए हैं, लेकिन एक अंग्रेज़ लड़की का चेहरा बिल्कुल साफ दिखता है—वह पवेलियन के पास छाता लिये खड़ी है—जबकि और सब लोगों की आँखें भागते हुए घोड़ों पर जमी हैं, वह गहरी उत्सुक आँखों से पीछे की ओर देख रही है—उसका इस तरह पीछे मुड़कर देखना मुझे काफी अजीब-सा लगा।''

बीरेन चाचा अचानक चुप हो गए—माँ के हाथों में सलाइयाँ चलती-चलती ठहर गईं।

''फोटो के नीचे लिखा था—'ऐननडेल, शिमला, 1903'...पचास साल गुज़र गए और वह वैसे ही छाता लिये पीछे मुड़कर देख रही है...।''

बीरेन चाचा धीरे से हँसने लगे, मानो उन्हें अपनी बात काफी बेतुकी-सी जान पड़ी है। माँ गुमसुम-सी उनकी ओर देख रही हैं और मुझे आश्चर्य होता है कि बीरेन चाचा कभी-कभी इस प्रकार की अर्थहीन-सी बातें क्यों करते हैं।

''कभी-कभी मैं सोचता हूँ कि लोगों की अपेक्षा शहरों की कहानी लिखना बहुत कठिन है—मेरे पास शिमला के बारे में इतने पुराने फोटो, नोट्स, किताबें, टूरिस्टों के यात्रा-लेख जमा हैं, किन्तु मुझे लगता है कि मैं किताब कभी नहीं लिख पाऊँगा।''

''क्यों?'' माँ ने पूछा।

''शहर...हर शहर—अपने में हमेशा इतना चुप जो रहता है।'' बीरेन चाचा उठ खड़े हुए—धीरे से उन्होंने मेरा माथा छुआ।

''रास्ते में डॉक्टर मिले थे, कहते थे दो-चार दिनों में तुम घूमने-फिरने लगोगे,'' उन्होंने तनिक झुककर मुझसे कहा।

''ज़रा बैठ जाओ—देखूँ, तुम्हारा फोटो कैसा आता है?'' उन्होंने अपने कन्धे से कैमरा उतार लिया। मेरा फोटो लेने के बाद वह अपनी छड़ी उठाकर जाने लगे।

''कब वापस लौटोगे!'' माँ ने पहली बार सीधे उनकी ओर देखा।

''शायद कल शाम तक—कुछ देर के लिए आऊँगा,'' बीरेन चाचा जब माँ की ओर देखते हैं, तो उनकी आँखें चौंधिया-सी जाती हैं—और वह अपना मुँह दूसरी ओर मोड़ लेते हैं।

"बीरेन चाचा..." मैं बुरी तरह शरमा रहा हूँ।

"क्या बच्ची?" उन्होंने आश्चर्य से मेरी ओर देखा।

"एक फोटो मैं खीचूँगा।"

बीरेन चाचा ने मुस्कराकर कैमरा मेरे हाथों में थमा दिया।

माँ की ओर देखता हूँ..."

"नहीं बच्ची, मेरी नहीं..." माँ एकदम झुँझला-सी उठती हैं।

"सिर्फ तुम नहीं...बीरेन चाचा भी रहेंगे।" मैंने कहा। बीरेन चाचा का चेहरा क्षण-भर के लिए म्लान-सा हो उठा—वह माँ की ओर देखते हैं। माँ ने इस बार विरोध नहीं किया, वह कुर्सी से उठ खड़ी हुईं—'बच्ची, तुम बहुत ज़िद्दी हो"—उन्होंने कहा।

"बीरेन चाचा, तुम जंगले के पास खड़े हो जाओ, वहाँ धूप आ रही है, और माँ, तुम इधर दाईं तरफ," मैं पलंग से उतरकर दीवार के सहारे खड़ा हो गया हूँ। मेरा सिर चकरा रहा है, लेकिन फोटो ठीक आता है। आज भी वह फोटो मेरे पास है...

कमरे में शाम का धुँधलका कब चुपके से घिर आया, पता नहीं चला। बीरेन चाचा बहुत पहले जा चुके थे। माँ मेरे पलंग के पास कुर्सी पर बैठी हैं—जब से बीरेन चाचा गए हैं, तब से वह वैसे ही चुपचाप बिना हिले-डुले उस कुर्सी पर अधलेटी-सी पड़ी हैं। मैं बत्ती नहीं जलाता, मुझे कमरे में अँधेरे का धीरे-धीरे आना अच्छा लगता है।

मेरी आँखों के सामने बहुत दिन पहले की एक शाम घूम जाती है—तब मैं बीमार नहीं पड़ा था। माँ उस समय मुझे बीरेन चाचा के घर ले गई थीं।

हमें देखकर बीरेन चाचा हैरान-से हो गए थे। फाटक खोलकर वह माँ के सामने ठिठक गए।

"पोनो—तुम..." एक क्षण के लिए वह खोए से खड़े रहे। पहली बार उन्होंने मेरे सामने माँ को उनके नाम से पुकारा था। उनके मुँह से माँ का नाम सुनकर मुझे बहुत अजीब-सा लगा था। माँ हँसने लगीं और न जाने क्यों मुझे माँ की वह हँसी अच्छी नहीं लगी—एक घुटा-घुटा-सा डर मेरे मन में समा गया।

"यूँ ही सैर को निकले थे, सोचा तुमसे मिलते चलें।" माँ ने कहा। पहली बार मैंने माँ को झूठ बोलते देखा था।

बीरेन चाचा की नीली आँखों में हल्का-सा विस्मय घिर आया। उन्होंने मेरी अँगुली पकड़ी और चुपचाप कॉटेज के भीतर चले आए।

वहीं मैंने पहली बार उनकी लायब्रेरी देखी थी। उन्होंने मुझे अपनी एल्बमों में शिमले की पहाड़ियों, घाटियों और झरनों के फोटो दिखलाए, जो उन्होंने अपनी किताब के लिए जमा किए थे। मेज़ पर ढेर-सी किताबों के पास हल्के रंग के शेड से ढका टेबल-लैम्प जल रहा था। उन्होंने जब दो चॉकलेटें मुझे दीं, तो मैं कुछ हैरान-सा हो गया। उन्होंने हँसते हुए कहा—"मेरे पास बहुत-सी रखी हैं, बर्फ के दिनों में बाहर जाना नहीं होता, इसलिए जमा कर रखता हूँ।" मैं क्षण-भर उन्हें देखता रह जाता हूँ। बीरेन चाचा बाबू से कितने अलग हैं—उनमें वह तनाव, बोझिल गम्भीरता अथवा भारीपन नहीं है, जो मैं बाबू में देखता हूँ। हर चीज़ पर उनका स्पर्श एक स्निग्ध कोमलता लिये रहता है। उनकी छोटी-सी दाढ़ी के ऊपर जो आँखें हैं, उन्हें देखकर मुझे हमेशा लगता है, जैसे वह धीमे-धीमे कुछ कह रही हों, मानो जिस वस्तु पर वे टिक जाएँगी, वह अपने-आप सँवर-निखर जाएगी।

"तुमने कभी बहुत पास से किसी पहाड़ी की चोटी पर बर्फ देखी है?" उन्होंने मुझसे पूछा। मैंने सिर हिला दिया।

"वहाँ से बर्फ का रंग बिल्कुल नीला दीखता है। मैंने एक कलर्ड फोटो लिया है..." वह उस फोटो को लाने के लिए दूसरे कमरे में चले गए। मैं मेज़ पर रखे एल्बमों को उलटने-पलटने लगा। हर फोटो में शिमले का कोई- न-कोई दृश्य था : ग्लैन, जाखू, चैटविक फॉल। मैंने इन सब स्थानों को आसानी से पहचान लिया। कुछ देर बाद जब बीरेन चाचा नहीं आए, तो मैं ऊब गया। पास ही किताबों के शेल्फ पर छोटा-सा एल्बम कोने में रखा था, मैंने उसे खोला और खोलते ही एक क्षण के लिए मुझे लगा...यह चेहरा मैंने कहीं देखा है, किन्तु दूसरे ही क्षण मेरी आंखें स्तब्ध-सी थिर हो गईं। फोटो मां का था।

क्या मां कभी ऐसी थीं? मेरे भीतर कहीं एक गहरा-सा सांस उखड़ आया। वही चौड़ा-सा माथा, किन्तु उसपर छोटी-सी बिन्दी लगी थी, जो मां अब नहीं लगातीं, दोनों चोटियां कन्धे के नीचे लटक रही थीं, पूरे स्लीव का स्वेटर पहन रखा था और बालों के भीतर वही छोटे-छोटे कान छिपे थे। सहसा मुझे आभास हुआ कि इस चेहरे में कुछ ऐसा है, जिसका मुझसे कोई सम्बन्ध नहीं, बाबू से कोई सम्बन्ध नहीं।

फोटो माँ का था, लेकिन उसमें माँ कहाँ थीं?

अचानक मुझे बीरेन चाचा के पैरों की आहट सुनाई दी। न जाने मेरे भीतर क्या चोर छिपा था कि मैंने झटपट वह एल्बम किताबों में छिपा दिया।

जब हम वापस लॉन में आए तो हल्का, फीका-फीका-सा अँधेरा छाने लगा था। माँ शाल में दुबकी हुई पत्थर की बेंच पर बैठी थीं।

"इतनी देर कहाँ लगा दी?" उन्होंने मुझे खींचकर अपने से सटा लिया। बीरेन चाचा माँ के पैरों के निकट घास पर बैठ गए। मेरी आँखें माँ के चेहरे पर टिकी रहीं, मानो मैं कुछ खोज रहा हूँ। माँ की आँखें, मुँह, माथा हर चीज़ अलग-अलग देखो तो वैसी ही थीं, किन्तु आपस में मिलकर जो भाव बनता था, वह उस चेहरे से बिल्कुल अलग था, जो मैंने अभी कुछ देर पहले बीरेन चाचा के एल्बम में देखा था।

जो अन्तर है—उसे समझ नहीं सकता, उस पर अँगुली नहीं रख पाता...वह कैसा भाव था जो किसी लम्बी दूरी को हमारे पास ले आता है, लेकिन अपने को दूर ही रहने देता है।

"बच्ची, क्या बात है...?" माँ मेरे बालों को धीरे-धीरे अपनी अँगुलियों में उलझाने लगीं।

मैंने सिटपिटाकर मुँह फेर लिया।

माँ ने आगे कुछ नहीं पूछा। हम तीनों इसी तरह अपने-अपने में सिमटे चुपचाप बैठे रहे। जब से हम आए थे, बीरेन चाचा ने माँ से कोई बात नहीं की थी। मुझे शुरू-शुरू में कुछ आश्चर्य-सा हुआ था, किन्तु मैंने उस पर अधिक ध्यान नहीं दिया।

लॉन पर नीला-नीला-सा अँधेरा घिर आया। दूर पहाड़ियों के बीच छोटे-छोटे जुगुनुओं-सी बत्तियाँ बिखरी थीं—और अँधेरे में पहाड़ियों के छिप जाने से लगता था कि आकाश बहुत नीचे सरक आया है, कभी-कभी तो पता भी नहीं चलता कि तारों और बत्तियों में कौन-सी बत्तियाँ और कौन-से तारे हैं।

बीमारी के दिनों में मुझे अक्सर यह शाम याद आ जाती है—हालाँकि उस शाम कोई भी ऐसी बात नहीं हुई थी, जिसे याद रखा जाता। जब हम वापस लौटने लगे, तो बीरेन चाचा कुछ दूर हमारे संग आए थे। माँ के कहने पर कि हम खुद चले जाएँगे, वापस मुड़ गए थे। मैं और माँ कुछ दूर ऊपर की सड़क पर चुपचाप चढ़ते रहे। मैं तेज़ कदमों से माँ के आगे-आगे चल रहा था। कुछ दूर चलने के बाद सहसा मेरे पाँव ठिठक गए। मुझे लगा, माँ मेरे पीछे नहीं आ रही है। मैं वापस मुड़कर पीछे की ओर चलने लगा। अँधेरे में मेरा दिल ज़ोर-ज़ोर से धड़क रहा था।

कुछ दूर नीचे उतरकर अचानक मेरे पाँव रुक गए—मैं अँधेरे में आँखें फाड़ता

हुआ हत-बुद्धि-सा खड़ा रहा। माँ सड़क के मोड़ पर खड़ी थीं, किनारे पर लगी तार पर झुकी हुईं—उनकी साड़ी का आँचल हवा से उड़कर कन्धे पर आ गिरा था...अपने में बिल्कुल खोई-सी वह अपलक नीचे देख रही थीं...

उतराई के नीचे थी—वीरेन चाचा की काटेज, जो शाम के धुँधलके में बिल्कुल सूनी और निर्जन दिखाई दे रही थी। लायब्रेरी की खिड़की से आती हुई मद्धिम-सी प्रकाश-रेखा में लॉन की घास झिलमिला रही थी।

कुछ देर तक शाम के झुटपुटे में हम बिल्कुल खामोश खड़े रहे, फिर माँ अचानक आगे मुड़कर चलने लगीं—उनकी चाल इतनी धीमी थी कि एक क्षण मुझे लगा, मानो वह सोते हुए चल रही हों।

वह मेरे पास आ गईं—आँखें ऊपर उठाकर एक लम्बे क्षण तक अपनी आकुल, विवश निगाहों से मुझे निहारती रहीं, फिर झपटकर उन्होंने मुझे अपने पास घसीट लिया और बार-बार अपने ठंडे, सूखे होंठों से मुझे चूमने लगीं।

कुछ दिनों बाद एक सुबह मुझे अपने मुँह का स्वाद-अच्छा सा लगा। अंगों में एक हल्की-सी स्फूर्ति का आभास हुआ। पहले मैं धूप से बचने के लिए खिड़की बन्द किए रहता था, अँधेरे कमरे में आँखें मूँदकर लेटना भला लगता था। अब मैंने खिड़की खोलकर परदों को उठा दिया। बाहर की गर्म, ऊनी धूप मेरे पलंग को चारों ओर से घेर लेती है। मैं बिस्तर से उतरकर मेज़ के सहारे खड़ा हो जाता हूँ। सिर पहले की तरह नहीं चकराता, मैं पायदान की ओर कदम बढ़ाता हूँ और मुझे ऐसा महसूस हुआ कि मैंने ज़िन्दगी में पहली बार अपने-आप चलना सीखा हो।

मैं चुपके से बाहर बरामदे में आ जाता हूँ। कुछ दूर पर बुआ गीली धोती काठ के जंगले पर सुखा रही हैं—मैं उनकी आँख बचाकर बाबू के कमरे के पीछे वाले छज्जे पर चला जाता हूँ। कमरे के दरवाज़े और खिड़कियाँ बन्द हैं, भीतर के लाल परदे नीचे गिरे हुए हैं। जब माँ मौसी के घर चली जाती हैं, तो बाबू उस कमरे को बन्द कर देते हैं। अपनी सारी चीज़ें ऊपर छत पर 'स्टडी' में ले जाते हैं और रात को वहीं सोते हैं।

छज्जा निपट सूना है! नीचे 'आउट-हाउस' के क्वार्टरों की छतों के चौड़े नीले टिन के पटरों पर बड़ियाँ चमक रही हैं, जो पहाड़ी खानसामा की औरत हीरा ने सुखाने रख छोड़ी हैं। सामने मदरसे के छोटे-से मैदान में लड़के बस्ता घुमाते हुए चार-चार की पाँत में खड़े नकियाते, अलसाए स्वर में प्रार्थना कर रहे हैं—"लब पे आई है दुआ, बन के तमन्ना तेरी।"

उनकी तीखी-रूखी आवाज़ को सुनकर जब मैं ऊब जाता हूँ, तो मेरी आँखें खड्ड के ऊपर मेम के उस रहस्यमय बंगले पर टिक जाती हैं, जहाँ हम कच्चे अलूचे छिपाकर रखते थे। उससे ज़रा दूर पेड़ों और झाड़ियों से घिरी हुई एक पगडंडी साँप की तरह बल खाती हुई बानो के मकान के ऊबड़-खाबड़ अहाते में जाकर गुम हो गई है। मैं अपने कमरे से बाबू की पुरानी छड़ी ले आया हूँ, जिसके सिरे पर मैंने माँ की लाल साड़ी का चीथड़ा बाँध रखा है। मैं जंगले से बाहर गर्दन निकालकर छड़ी को हवा में दाएँ-बाएँ घुमाता हूँ—लाल रेशम की झण्डी हवा में फरफराती है। बानो ने मेरी लाल झण्डी को देख लिया है—उसने हाथ उठाकर कुछ कहा है, जिसे मैं कुछ भी सुन-समझ नहीं पाता। यह मेरा और बानो का पुराना और प्रिय खेल है। हमारे और उसके मकान के बीच ढलान पर कई कोठियाँ और दुकानें हैं, किन्तु ऊँचाई पर होने के कारण हम एक-दूसरे को छज्जे से देख पाते हैं—हालाँकि हम चाहे कितना भी चिल्लाकर क्यों न बोलें, एक-दूसरे की बात नहीं सुन पाते। इसीलिए इशारों से बात करने के लिए मैं बाबू की छड़ी से सिगनल का उपयोग करता हूँ।

बानो अपनी अम्मी को भीतर से बरामदे में खींच लाई है—अम्मी ने हाथ उठाकर मुझे बुलाया है। अम्मी मुझे इतनी दूर से नहीं देख पाती, फिर भी मैं शरमा जाता हूँ और छड़ी को बरामदे में फेंककर अपने कमरे में भाग आता हूँ।

कमरे की देहरी पर सहसा मेरे पाँव ठिठक गए—बाबू का स्वर सुनाई दिया। नौकर ने आकर बताया कि बाबू अपने कमरे में मुझे बुलाते हैं।

मेरे दिल में खुशी की लहर-सी दौड़ गई। ऐसा बहुत कम होता है कि बाबू मुझे अपने कमरे में बुलाकर मुझसे बातें करें—अक्सर वह हालचाल पूछने मेरे कमरे में ही आ जाते हैं। मैं झटपट अपने नाखून दाँतों से काट लेता हूँ क्योंकि बाबू हमेशा सबसे पहले मेरे दोनों हाथों को देखते हैं। आँखों को गीले तौलिये से पोंछ लेता हूँ और हाथों को मुँह पर रखकर फूँक मारता हूँ और फिर उन्हें सूँघता हूँ—यह देखने के लिए कि मुँह साफ है या नहीं। फिर शीशे में मुँह देखकर कंघी करता हूँ (माँ के न होने से पिछले कुछ दिनों से मुझे ये सब काम खुद करने पड़ते हैं) और जब कन्धे से अपने बालों को झरता हुआ देखता हूँ तो न जाने क्यों मुझे अपने ऊपर गहरी-सी दया आने लगती है, और मेरी आँखों में आँसू भर आते हैं।

ड्राइंग रूम (जिसे उन दिनों हम हॉल कहते थे—क्योंकि वह हमारे घर का सबसे बड़ा कमरा था) के कालीन पर पैरों की आहट नहीं होती, फिर भी मैं बहुत

हौले-हौले दबे पाँवों से बाबू के कमरे की ओर जाता हूँ। सुबह मैं ठीक था, किन्तु अब सिर चकराता है, मानो कनपटियों से धुएँ की दो लकीरें ऊपर उठती हुई सिर के बीचों-बीच मिलने की चेष्टा कर रही हों और बीच में रूई का एक घुटा-घुटा-सा बादल इन दोनों के बीच में आकर अड़ गया हो।

मैं उनके कमरे की देहरी पर खड़ा हूँ—परदों के रिंग हाथ लगाने से धीरे-धीरे बजते हैं। वह बिना मेरी ओर देखे मुझे भीतर बुलाते हैं। मैं और आगे खिसक आता हूँ। बाबू के कमरे को पहचानना कितना आसान है—सिगार के धुएँ की गर्म-गर्म-सी गन्ध, चारों ओर फैली गहरी, बोझिल-सी चुप्पी, एक अजीब धुँधली-सी रोशनी, जो दिन और रात दोनों समय एक-सी रहती है। और एक खट्टी और भीनी-सी बू , जो मेरी दवा की बू से मिलती हुई भी कहीं दूर जाकर उससे अलग हो जाती है। उसके बारे में मैं कभी तय नहीं कर पाता कि वह मुझे अच्छी लगती है या बुरी—लगता है, वह बू नहीं है, महज़ एक हल्का-सा रंग है जो बाबा के कमरे की हवा में तिरता रहता है।

"बाहर क्या कर रहे थे?" मैं उनकी आवाज़ पहचानता हूँ, उसमें गुस्सा नहीं है।

"बानो को देख रहा था..." और मैं सकुचाकर चुप हो जाता हूँ।

"बाबू..."

उनकी आँखें ऊपर उठ आईं।

"आज मैं ठीक हूँ...बुखार नहीं है।"

बाबू ने मेरे दोनों हाथों को अपनी गोद में रख लिया। "अभी कुछ दिन तुम्हें बिस्तर पर लेटना होगा..." उन्होंने मेरे हाथ को एक-दूसरे के ऊपर रख दिया, और उन्हें अपने खुरदरे, बालों से भरे हाथों में समेट लिया।

"बाबू, हम दिल्ली कब जा रहे हैं?" जब कभी मुझे उनसे बात करने का मौका मिलता है, मैं हर बार उनसे यह प्रश्न करता हूँ।

उन्होंने सिगार को मुँह से निकालकर अँगुलियों में थाम लिया। वह कुछ देर तक चुपचाप दीवार के बेल-बूटों वाले काग़ज़ को देखते रहे, मानो उस पर कुछ लिखा है, जिसे वह बड़े गौर से पढ़ रहे हों।

"बच्ची, तुम्हें डर तो नहीं लगता?"

"डर?" मैं विस्मित-सा होकर उनकी ओर देखने लगा। उनकी आँखें दीवार से उतरकर मुझ पर टिक गईं।

"माँ घर में नहीं हैं...शायद इसलिए..."

"लेकिन वह तो कुछ दिनों में आ जाएँगी?" मैं चाहता था कि बाबू मेरी बात का समर्थन करें, किन्तु वह चुपचाप मेरी ओर देखते रहे।

"हाँ, वह आएँगी," बाबू का स्वर इतना धीमा, इतना सोया-सा था मानो वह यह बात मुझसे न कहकर अपने से कह रहे हों।

"बच्ची..."

"क्या बाबू?"

"तुम क्या उन्हें देखना चाहोगे?"

बाबू का स्वर एकदम भारी-सा हो आया। उनका यह प्रश्न मुझे काफी विचित्र और निरर्थक-सा लगा था—सोचा, कह दूँ, हाँ...उनके पास जाऊँगा; और दूसरे ही क्षण मुझे लगा कि बाबू मुझसे इस उत्तर की आशा नहीं कर रहे हैं, जैसे वह सच जानते हुए भी जान-बूझकर मुझसे झूठ कहलवाना चाह रहे हों।

मैंने 'नहीं' में सिर हिला दिया। हैरत-भरी दृष्टि से वह मुझे देखते रहे। फिर धीरे से उन्होंने मेरे हाथों को अपनी गोद से हटा दिया।

"अच्छा, अब अपने कमरे में जाओ—अभी दो-तीन दिन तक बाहर खेलने मत जाना।"

वह कुर्सी से उठ खड़े हुए और मेरी ओर से मुँह मोड़कर खिड़की से बाहर देखने लगे।

कुछ देर तक मैं वहाँ चुपचाप खड़ा रहा। मेरे मन में अचानक बाबू के प्रति भीगी-भीगी-सी सहानुभूति उमड़ने लगी। माँ के संग मेरा सम्बन्ध अधिक सहज और सीधा था। बाबू के संग जो संकोच और तनाव रहता है, वह माँ के संग बिल्कुल नहीं है। वह कोई भी प्रतिवाद किए बिना मेरी हर फरमाइश को चुपचाप मान लेती हैं—किन्तु इतना सब करने पर भी वह मुझसे हमेशा दूर रहती हैं, कभी न मिटने वाला एक अलगाव बनाए रखती हैं। उनके सामने मुझे लगता है कि मैं एक बहुत ही छोटा, बेडौल और निरर्थक-सा प्राणी बन गया हूँ। किन्तु बाबू की बात दूसरी है। मैं उनसे डरता हूँ, कोई भी फरमाइश करते समय मेरा दिल धड़कने लगता है, कभी खुलकर उनसे मैंने अपने मन की बात नहीं की—इसके बावजूद वह मुझे अपने अधिक निकट और जाने-पहचाने लगते हैं। कुछ ऐसा है, जो हम दोनों को माँ से अलग कर देता है, इसीलिए माँ को चाहते हुए भी उन पर कभी सहानुभूति नहीं होती और बाबू से डरते हुए भी उन्हें देखकर कभी-कभी मेरे भीतर कुछ रुआँसा हो जाता है।

बाबू ने पीछे मुड़कर मुझे देखा और एकटक देखते रहे। मुझे लगा जैसे

वह कुछ देर के लिए मेरी उपस्थिति बिल्कुल भूल गए थे और अब सहसा मुझे अपने सम्मुख देखकर समझ न पा रहे हों कि मैं कौन हूँ, उनके कमरे में कैसे खड़ा हूँ?

मैं कमरे से बाहर चला आया। कुछ देर तक बड़े कमरे की दीवार से सटकर बाबू के कमरे की देहरी पर खड़ा रहा। सोचा था, बाबू बाहर आकर मुझसे कुछ कहेंगे, किन्तु यह मेरा भ्रम था। उनके कमरे में सिर्फ सन्नाटा था—एक घना गहरा-सा सन्नाटा, जो हमारे सारे घर पर घिर आया था।

और तब उस क्षण मुझे लगा कि मैं बहुत अकेला हूँ, बाबू भी अपने में बहुत अकेले हैं। माँ के बिना हर कमरा साँय-साँय-सा करता प्रतीत होता है।

मैं दीवार से सटकर आँखें मूँद लेता हूँ।

जिस दिन माँ मौसी के घर मुझसे मिले बिना चली गईं, उससे एक दिन पहले आधी रात को मेरी आँख खुल गई थी।

कमरे में अँधेरा था—हवा से खिड़की का परदा मेरे तकिये के ऊपर ज़ोर-ज़ोर से फड़फड़ा उठता था। कुछ देर तक मेरे मन में एक अजीब-सा भ्रम मँडराता रहा। मुझे लगा कि इस कमरे में—जहाँ मैं लेटा हूँ—हर चीज़ अपने पुराने स्थान को छोड़कर नए कोनों में उठ आई है। मुझे लगा कि जो खिड़की मेरे बाईं ओर होती थी, वह अँधेरे में चुपचाप खिसककर बिल्कुल मेरे सामने आ गई है। मेरे पलंग से दो गज़ की दूरी पर जहाँ पहले दीवार थी, वहाँ दरवाज़ा सिमट आया है। दरवाज़ा आधा खुला हुआ था। उसके भीतर से बाबू के कमरे की रोशनी थर्मामीटर की चमकती हुई पारे की रेखा-सी फर्श पर खिंच आई थी—इतनी महीन, इतनी म्लान मानो हाथ से छूते ही टूट जाएगी, चारों ओर पानी-सी बिखर जाएगी।

अचानक वह दरवाज़ा दो बड़े-बड़े काले पंखों-सा फड़फड़ाता हुआ खुल गया, प्रकाश की पतली-सी रेखा फर्श पर तेज़ी से लपकती हुई सामने की दीवार पर चढ़ गई। दरवाज़े के पीछे छोटे-से गलियारे में कोई ज़ोर-ज़ोर से हाँफ रहा था। पहले क्षण मुझे लगा था कि दरवाज़ा हवा के झोंके से खुल गया है—और माँ उसे बन्द करने आई हैं, किन्तु कुछ देर तक कोई भीतर नहीं आया। दरवाज़े के पीछे गलियारे में उखड़ी हुई साँसों का एक हल्का-सा बवंडर उठता था और फिर दब जाता था। कुछ सहमे हुए शब्द सुनाई देते थे—कभी दूर से—इतनी दूर से कि शब्दों के बजाय आहट ही मुझ तक पहुँच पाती थी, कभी पास से, इतने पास से, इतने पास से मानो कोई मेरे कानों में फुसफुसा रहा हो।

"नहीं, तुम भीतर नहीं जाओगी," मैंने बाबू का स्वर पहचान लिया।

एक पतली-सी चीख चमकीले काँच के टुकड़े-सी अँधेरे को छील गई। माँ को क्या हो गया है? वह इस अजीब ढँग से चीख क्यों रही हैं?

"छोड़ो...मेरा हाथ छोड़ दो।"

"पोनो...तुम भीतर नहीं जाओगी।"

"कौन हो तुम मुझे रोकने वाले—छिः, शर्म नहीं आती?"

"पोनो...वह सो रहा है...इस तरह मत चिल्लाओ।"

"मैं चिल्लाऊँगी नहीं, मुझे भीतर जाने दो।"

"नहीं...इस वक्त नहीं।"

"तुम समझते हो, मैं पागल हूँ...उसे सब कुछ बता दूँगी?"

"पोनो, अपने कमरे में चलो! यहाँ मैं कुछ नहीं सुनूँगा। इस वक्त तुम होश में नहीं हो।"

किन्तु बाबू अपनी बात पूरी नहीं कह पाए—बीच में ही किसी ने झपटकर परदा हटा दिया—गलियारे की रोशनी में मेरा बिस्तर चमक उठा, पलंग और खिड़की के बीच की दीवार अँधेरे से बाहर निकल आई।

मैंने देखा—संगमरमर-सी सफेद दो बाँहें परदे के बाहर हवा में फैली हैं। पीछे एक छाया है, भूखी, फटी-फटी-सी दो आँखें हैं...परदे को नोचती हुई लम्बी-पतली काँपती अँगुलियाँ हैं और बिजली में चमचमाती नाक की लौंग, जो बार-बार फड़फड़ाते होंठों के ऊपर तारे-सी टिकी है...यह सब कुछ मैंने एक छोटे-से क्षण में देखा था—दूसरे क्षण मुझे लगा मानो परदा अपनी जगह वापस खींच लिया गया है। सिर्फ एक भर्राई-सी आवाज़ सुनाई दे जाती है, जो ऊपर उठने से पहले ही दबा दी जाती है, मानो किसी ने अपने हाथ से उसे भींच रखा हो।

तब जो मैंने सुना, उस पर एकाएक विश्वास नहीं हो पाया। मुझे लगा परदे के पीछे कोई धीरे-धीरे हँस रहा है। नहीं, यह माँ नहीं हो सकतीं। माँ को जब कभी फिट आता है, तब केवल उनके दाँत कटकटाते हैं। मैंने उन्हें इतने विचित्र ढंग से हँसते हुए कभी नहीं सुना। फिर भी मैं जानता था कि यह माँ की ही आवाज़ है—मैं आगे कुछ भी नहीं सुन पाता—लगता है, मानो कमरे का अँधेरा कमरे से अलग होकर एक मैले चीथड़े की तरह मेरी आँखों के चारों ओर घूम रहा है। संगमरमर-सी सफेद दो बाँहें काली झील से ऊपर उठी हैं—कातर-सी होकर मुझे बुलाती हैं—बार-बार अपनी ओर खींचती हैं।

उस रात देर तक मैं बिस्तर पर बैठा-बैठा काँपता रहा। एक अजीब-सी

आवाज़ हवा के संग खिड़की से भीतर आती थी और मेरे चेहरे को छूती-सहलाती धीरे-धीरे हँसने लगती थी।

बानो टैरेस के नीचे गिरी हुई खूबानियाँ बीन रही है।

बानो...

मैं हौले से कहता हूँ—बानो।

शिमले की एक दुपहर—जब मैं टैरेस पर लेटा हूँ—बीमारी के बाद के दिन हैं, अब हमें कोई नहीं पूछता। सब निश्चिन्त-से हो गए हैं, बाबू अब मेरे कमरे में हर शाम नहीं आते, बीरेन चाचा एक लम्बे अर्से से दिखाई नहीं दिए। मेरे ठीक होने पर अगर दुःख है तो शायद बानो को—मैं अगर बीमार बना रहता, तो दिल्ली जाने के दिन टलते रहते।

टैरेस के पीछे दो छोटी-छोटी पहाड़ियाँ खुली हुई कैंची की तरह आकाश की ओर उठी हैं—उनके बीच पेड़ों की लम्बी शृंखला दूर तक चली गई है। जब कभी कालका जाने वाली ट्रेन वहाँ से गुज़रती है, तो धुएँ की एक लट आकाश के चेहरे पर उड़ जाती है।

बानो...हम दिल्ली जा रहे हैं।

दिल्ली! इस एक शब्द में कितनी स्मृतियाँ छिपी हैं—शिमला-कालका की साँप-सी बलखाती टेढ़ी-मेढ़ी लाइन, लम्बी-लम्बी अँधेरी सुरंगें और रेल के डिब्बे की खिड़की से बाहर हवा में फिसलती तारें...शाम हो जाती और मैं ऊँघ जाता। माँ कन्धा झिंझोड़कर जगातीं—"बच्ची, उठो!" मैं हड़बड़ाकर उठ बैठता। बाहर अँधेरे मैदान में दूर-दूर तक कालका की झिलमिल-झिलमिल-सी रोशनियों को देखकर लगता मानो ढेर-से तारे आकाश से उतरकर ज़मीन पर बिखर गए हों..

बानो सीढ़ियाँ चढ़कर कब टैरेस पर आ गई, मुझे पता नहीं लगा। उसने अपनी फ्राक को ऊपर उठाकर झोला बना लिया है, जिसमें ठसाठस खूबानियाँ भरी हैं। नंगे पेट के चारों ओर जाँघिए के नेफे के निशान जहाँ-तहाँ छोटी-छोटी मछलियों-से उभर आए हैं।

वह फ्राक नीची करके खूबानियाँ बिखेर देती है—कच्ची, पक्की खूबानियाँ हैं, हरी, पीली, कुछ-कुछ लाल...

"लो खाओ।" वह एक पकी हुई पीले रंग की खूबानी मेरे आगे कर देती है।

मैंने सिर हिला दिया। बाबू ने बाहर की कोई भी चीज़ खाने से मना किया है।

"यह कच्ची नहीं है, इससे कुछ नहीं होगा," किन्तु उसने मेरी स्वीकृति

की प्रतीक्षा नहीं की और जो खूबानी वह मुझे दे रही थी, उसे निश्चिन्त होकर खुद खाने लगी।

खाने को खूबानी खा लेता, बाबू का तो बहाना है। असली कारण दूसरा है, जो कोई नहीं जानता, बानो बेचारी तो बिल्कुल नहीं जानती। जब से बुखार उतरा है, मुझे लगता है, जैसे मैं सब लोगों से भिन्न हूँ, अलग हूँ। कमज़ोरी के कारण जब कभी सिर चकराता है, पाँव काँपते हैं, तो अच्छा लगता है, मन में अजीब-सी खुशी होती है, अपने पर गर्व होता है। लगता है मुझमें एक अद्भुत परिवर्तन हो गया है और मैं असाधारण हूँ। पहले—बीमारी से पहले, माँ के मौसी के घर जाने से पहले—मेरा अपना घेरा था, जिसमें बानो और माँ, बीरेन चाचा और बाबू सब कोई थे। न मालूम, बीमारी के इस लम्बे अर्से में कौन-सा क्षण आया था जब यह घेरा टूट गया। पिछले कुछ दिनों से मैं जिस चीज़ को जैसे देखता हूँ, वैसे शायद कोई नहीं देखता। पहले मैं हर चीज़ को दूसरों की आँखों से देखता था—और निश्चिन्तता थी। अब उनके पीछे एक रहस्य हैं, डर है जो मेरा अपना है, और जिसे कोई नहीं जानता।

टैरेस के पास पवेलियन की छत पर खटखटाहट होती है। लगता है जैसे टपाटप बूँदें गिर रही हों। मैं जँगले के बाहर हाथ निकालकर देखता हूँ—बारिश नहीं है, केवल कुछ पहाड़ी चिड़ियाँ हैं जो छत पर एक कोने से दूसरे कोने तक फुदक-फुदककर उड़ती हैं।

बानो खूबानी को गाल के भीतर लट्टू की तरह घुमाती है—उसका कहना है कि इस तरह मुँह का सारा थूक खूबानी के भीतर जाकर रस बन जाता है।

दिल्ली जाना पक्का हो गया?

"माँ आ जाएँ, तब!"

"कहाँ गई हैं तुम्हारी माँ?"

"मौसी के घर।"

"तुम्हें पक्का मालूम है कि वह मौसी के घर गई हैं?" बानो ने रहस्य-भरी आँखों से मेरी ओर देखा।

मैं विस्मय से बानो की ओर देखता हूँ—"क्या बात है बानो?"

"कुछ नहीं, ऐसे ही पूछा था," बानो ने थूक में भीगी खूबानी को होंठों पर रगड़ते हुए कहा।

"अम्मी ने मना किया है—कहा है तुमसे कुछ न कहूँ।"

मैं चुपचाप लापरवाही से मुस्कराता हूँ। बानो पर मुझे बेहद गुस्सा है। मुझे

जब बहुत गुस्सा आता है, तो मैं हमेशा मुस्कराता हूँ ताकि कोई यह न समझे कि मेरा मन इतना कच्चा और छोटा है।

सुरमई रंग के बादल नीचे झुके आ रहे हैं। टैरेस के पीछे पहाड़ियाँ काली, भूरी-सी हो गई हैं। जब कभी बादलों की ओट से सूरज का मुँह बाहर निकलता हैं, तो पतली-दुबली छायाएँ पूर्व से पश्चिम की ओर भागने लगती हैं।

टैरेस पर—चारों ओर आसपास अब सन्नाटा है। बरसों पहले एक मेम यहां रहती थी। उसके मर जाने के बाद अब यहां कोई नहीं रहता। बारहों महीने—गर्मी, सर्दी—कमरे बन्द रहते हैं, बरामदा और उसके आगे लम्बा गलियारा सूना पड़ा रहता है। हम गेस्ट हाउस के पिछवाड़े की सीढ़ियाँ चढ़कर पवेलियन पर चोरी-चुपके चले जाते हैं और वहीं एक कोने में अपने अलूचे और खूबानियों का खज़ाना जमा करते हैं।

कौन-सी बात है, जो बानो मुझसे छिपा रही है, क्या सचमुच उसकी अम्मी ने मना किया है, या वह सिर्फ मुझे चिढ़ाने के लिए बहका रही है।

मैं टैरेस पर लेटे-लेटे अधमुँदी आँखों से अपने घर की छत देखता हूँ। दाईं ओर छज्जे के सिरे पर माँ के कमरे की खिड़की दिखाई देती है—माँ जब घर में नहीं होतीं, तो वह हमेशा बन्द रहती है। वह अभी तक वापस क्यों नहीं लौटीं? मौसी के घर वह इतने दिन कभी नहीं रही थीं? क्या वह जानती हैं कि मैं अब चल-फिर लेता हूँ और बाबू ने मुझे अब यहाँ—मेम के भुतहे मकान तक आने की अनुमति दे दी है?

उस रात से मैंने उन्हें नहीं देखा जब वह चीखती हुई मेरे दरवाज़े तक आई थीं और बाबू ने उन्हें भीतर आने से रोक दिया था। मैं निश्चय नहीं कर पाता कि क्या ऐसा सचमुच हुआ था, या मैंने सिर्फ कोई सपना देखा है?

"दिल्ली पहाड़ों के ऊपर है या नीचे?" बानो ने पूछा।

"दिल्ली मैदान में है—वहाँ जाने के लिए नीचे उतरना पड़ता है"—मैंने सुनी-सुनाई बात बड़े गर्व से कह दी।

बानो ने अविश्वास-भरी दृष्टि से मुझे देखा।

"नीचे तो ऐननडेल का मैदान है और उसके नीचे खड्ड है—दिल्ली क्या खड्ड के नीचे है?"

बानो कभी दिल्ली नहीं गई, मुझे उस पर हमेशा तरस आता है। मैं उसकी जिज्ञासा को शान्त करने का कोई प्रयत्न नहीं करता और लापरवाही से सिर फेर लेता हूँ।

बानो ने खूबानियों की गुठलियाँ पवेलियन के पीछे गेस्ट-रूम में फेंक दीं और वहीं कुछ देर तक दरवाज़े से सटकर खड़ी रही।

हवा से खूबानी के पेड़ की शाखाएँ छतों पर झुकती हैं। खूबानियाँ झरती हैं—कुछ ज़मीन पर, कुछ पवेलियन की छत पर—खट-खट...

दुपहर और शाम के बीच सारा शिमला चुप हो जाता है, बस केवल खूबानियों की खट-खट आवाज़ पहाड़ी हवा में गूँजती है...

बानो ने हाथ के इशारे से मुझे अपने पास बुलाया है। गेस्ट-रूम के दरवाज़े का एक शीशा टूटा हुआ था, उसी में अपना सिर डालकर वह कमरे के भीतर झाँक रही थी। उसके सिर के ऊपर जो ज़रा-सी खाली जगह बच गई थी, वहीं मैंने खींचतान करके अपना सिर अड़ा दिया।

कमरा बिल्कुल खाली था। दीवार के बेल-बूटेदार कागज़ों का रंग फीका पड़ गया था। छत के एक कोने में मकड़ी का जाला धीरे-धीरे झूल रहा था। बासी हवा की गन्ध चारों ओर फैली थी। फर्श के बीचों-बीच मैली-सी रोशनी जम गई थी, जो कभी पीली हो जाती थी, कभी फीकी-फीकी-सी सफेद! कमरे के धुँधलके में यह सफेद धब्बा बड़ा अजीब और भयावह-सा लग रहा था।

"वह मेम यहाँ रहती होगी।" बानो ने धीमे स्वर में कहा।

"और शायद यहीं मरी होगी।" मैंने कहा, और मेरे सारे शरीर में एक हल्की-सी झुरझुरी फैल गई। मुझे लगा, सामने दीवार के कटे-फटे, उखड़े पलस्तर पर एक बेडौल-सा चेहरा उभर आया है—जिसके जबड़े खुले हैं, फटी-फटी-सी आँखें हैं और जो मेरी ओर देखता हुआ हँस रहा है। मुझे लगता है कि वह चेहरा उस मेम का रहा होगा जो बरसों पहले उस कमरे में न जाने क्यों अपने-आप मर गई थी...और वह हँसी, उस रात जैसे दरवाज़े के पीछे माँ हँस रही थीं...

टूटे हुए शीशे के भीतर झाँकता हुआ मेरा चेहरा बानो के सिर पर टिका है। मेरे मुँह के ज़रा नीचे बानो के अखरोटी रंग के बाल हैं, उन बालों की गन्ध पानी में भीगी मिट्टी की गन्ध से मिलती है। बालों के बीच छोटी-सी माँग है—माँ की माँग जैसी, किन्तु माँ की माँग ज़रा लम्बी थी और हमेशा बहुत उदास दीखती थी।

"बानो..." मेरे होंठों पर सफेद काग़ज़-सा थूक जम गया।

"क्या?"

"अम्मी ने क्या तुमसे माँ के बारे में कुछ कहा था?"

"तुमसे क्या?" बानो ने ढीठ बनकर कहा।

हवा चलने से सूने, खाली मकान के दरवाज़े खड़खड़ा उठते हैं। फर्श पर सिमटा हुआ सफेद धब्बा धीरे-धीरे सरक रहा है।

"बानो...जब मैं बीमार था, तो कभी-कभी बड़ा अजीब-सा लगता था..."

"कैसा...बच्ची?"

"लगता था जैसे मैं भी माँ की तरह हूँ—जैसे उनकी कोई बात मुझमें भी है।"

"कैसी बात?"

"जिसे सब छिपाते हैं।"

बानो का सिर सिहर जाता है।

"एक सफेद छाया है बानो—जैसे बर्फ से लिपटी हो। वह अँधेरे में भी चमकती है और संगमरमर-से सफेद उसके हाथ हैं, जो हमेशा हवा में खुले रहते हैं। कभी-कभी मुझे लगता है कि पीछे से चुपचाप आकर उसने मुझे अपने में ओढ़ लिया है और मैं अपने से ही अलग हो गया हूँ—सच बानो—लगता है जैसे मैं अपने से ही अलग हो गया हूँ..."

मुझे लगा कि बानो पत्ते-सी काँप रही है, भय से उसकी आँखें फैल गई हैं।

मैं हँसने लगता हूँ।

"डर गई बानो...?"

बानो चुप है, उसकी गर्म साँस मेरे सूखे होंठों को छूती है।

"बानो, सच—मैं तुम्हें बहका रहा था—जो मैंने कहा वह बिल्कुल झूठ है।" बानो कुछ नहीं कहती, वह दरवाज़े को छोड़कर तेज़ी से टैरेस की सीढ़ियाँ उतरने लगती है।

"बानो..." मैंने एक-दो बार उसे बुलाया, किन्तु उसने एक बार भी पीछे मुड़कर नहीं देखा।

बूँदें आती हैं, पवेलियन की छत टप-टप करती है...और मैं समझ नहीं पाता कि मेरे गालों पर जो बूँदें हैं, वे बादलों से आई हैं—या पहले से ही वहाँ थीं...

घर का सामान बाँधा जा चुका है। सन्दूकों, थैलों और बिस्तरों पर लेबल चिपकाए जा रहे हैं जिन पर मोटी-मोटी सुर्खियों में शिमला-दिल्ली और उसके नीचे बाबू का नाम लिखा है। घर में बड़ी चहल-पहल मची है—नौकर, जमादार, कुली और बाबू के दफ्तर के चपरासी सब इधर-से-उधर भागते हुए दिखाई देते हैं।

माँ ऊपर वाले कमरे में हैं। वह इस बार कुछ काम नहीं कर रहीं—उनकी

तबीयत शायद ठीक नहीं है, बाबू ने मुझे उनके पास जाने से मना किया है। जब से वह मौसी के घर से आई हैं, मैंने उन्हें नहीं देखा, वह शायद रात को आई थीं, जब मैं सो रहा था।

सब अपने काम में जुटे थे। मैं ही अकेला एक ऐसा था जिसे कोई काम नहीं था। कभी छज्जे में जाता था, कभी बरामदे में, किन्तु हर जगह अपनी व्यर्थता महसूस होती थी। खाली-खाली-से कमरे, नंगी दीवारें, कोनों में कूड़े के ढेर...मेरा दम घुटने-सा लगा और मैं बाबू की आँख बचाकर बाहर चला आया।

पगडंडी से उतरकर मैं खड्ड के ऊपर नाले के किनारे-किनारे चलने लगा। कभी-कभी खड्ड के भीतर कोई बड़ा, मोटा-सा गेला मिल जाता तो उसे उठाकर जेब में रख लेता। रेल की खिड़की से मैं इन गेलों को छोटे-छोटे तालाबों में फेंका करता था। जब दोनों जेबें भर चुकीं, तो देखा कि मैं घर से काफी दूर निकल आया हूँ। सूरज ढलने लगा था, हालाँकि दूर की पहाड़ियों पर धूप अब भी थकी-माँदी-सी रेंग रही थी। मैं बीच रास्ते में मुड़ गया और एक छोटी-सी पगडंडी से घर की ओर चलने लगा।

कुछ दूर चला होऊँगा कि अचानक पाँव ठिठक गए। दाईं ओर नीचे की तरफ बीरेन चाचा की काटेज दिखाई दे रही थी। पेड़ों के झुरमुट में चारों ओर झाड़-झंखाड़ से घिरे उस घर को देखकर मुझे सहसा वह शाम याद आ गई जब मैं माँ के संग यहाँ आया था। माँ भूली-सी, खोई-सी नीचे देख रही थीं और मैं चुपचाप उनके पीछे खड़ा था। जब से माँ मौसी के घर गई थीं, बीरेन चाचा हमारे घर नहीं आए थे। एक बार उनके बारे में बाबू से पूछा था, किन्तु बाबू का चेहरा इतना कठोर, इतना भावहीन-सा हो आया था कि आगे उनसे कुछ भी पूछने का साहस नहीं हुआ।

ढलती धूप में काटेज की ढलुआँ लाल छत चमक रही थी। मैं धीरे-धीरे सड़क के किनारे लगी तार के संग नीचे उतरने लगा।

फाटक खुला है। मैं दबे कदमों से भीतर चला आया हूँ। हवा आती है तो लॉन की घास पर छोटी-बड़ी सलवटें पड़ जाती हैं, झाड़ियों की सरसराहट आस-पास की नीरवता को और भी अधिक घनी बना जाती है। लॉन के किनारे वही पत्थर की बेंच है, जहाँ उस दिन माँ बैठी थीं।

सोचता हूँ वापस लौट जाऊँ, लेकिन पाँव बजरी की सड़क पर बँधे-से खड़े रह जाते हैं।

दरवाज़ा खटखटाता हूँ—धीरे-धीरे। "बीरेन चाचा...बीरेन चाचा"—मुझे अपनी

आवाज़ उस अकेली, निस्तब्ध काटेज में गूँजती-सी सुनाई देती है। लगता है यह कोई अजनबी आवाज़ है, जो मेरी आवाज़ के पीछे-पीछे दौड़ रही है।

"बच्ची...भीतर आ जाओ, दरवाज़ा खुला है।" बीरेन चाचा का स्वर सुनाई दिया।

मेरे पाँव देहरी के भीतर जाते ही एक क्षण के लिए रुक गए हैं। टेबल लैम्प का मद्धिम प्रकाश मेज़ पर बिखरे कागज़ों, किताबों पर गिर रहा है। एक-दो मिनट तक मैं बेवकूफ-सा देहरी पर खड़ा रहा—और तब सहसा आभास हुआ कि कमरा खाली नहीं है, कोने में ईज़ी चेयर पर बीरेन चाचा बैठे थे। जहाँ वह बैठे थे, वहाँ अँधेरा था इसलिए कमरे में घुसते ही वह मुझे एकदम दिखाई नहीं पड़े थे।

उन्होंने मुझे अपने पलंग पर बैठने के लिए कहा और अपनी कुर्सी मेरे नज़दीक खींच ली।

"इतनी दूर अकेले आए हो?" उन्होंने मेरे हाथ को अपने हाथ में ले लिया और मुस्कराने लगे।

मेरी आँखें अनायास अपने निकर की फूली हुई जेबों पर टिक गईं। संकोच से मेरा मुँह लाल हो गया।

"क्या भर रखा हैं इनमें—गेले हैं?"

मैंने चुपचाप सिर हिला दिया।

"क्या करोगे इनका?"

"रेल के लिए रखे हैं।" मैंने अटपटा-सा उत्तर दिया।

"रेल के लिए?" बीरेन चाचा की प्रश्न-भरी दृष्टि मुझ पर टिक गई। और तब सहसा मुझे ख्याल आया कि बीरेन चाचा को कुछ भी नहीं मालूम है। मुझे भीतर-ही-भीतर बहुत खुशी हुई कि मैं पहला व्यक्ति हूँ जिससे उन्हें यह खबर मिलेगी।

"बीरेन चाचा, आज रात हम दिल्ली जा रहे हैं।"

वह कुछ देर तक अपलक मेरी ओर देखते रहे, मानो उन्होंने मेरी बात नहीं सुनी। फिर वह कुर्सी से उठे और मेरी ओर कोई ध्यान दिए बिना खिड़की से बाहर देखने लगे।

कुछ देर तक कमरे में घुटा-घुटा-सा सन्नाटा छाया रहा। मुझे लगा मानो बीरेन चाचा को यह बात पहले से ही मालूम थी, तभी शायद उन्होंने कोई कौतूहल नहीं दिखाया।

तभी वह खिड़की से मुड़े। भूरी दाढ़ी के ऊपर उनकी नीली आँखें चमक रही थीं।

"तुमने उस दिन जो फोटो लिया था वह धुल गया है...देखोगे?"

उन्होंने अलमारी से एक छोटा-सा लिफाफा निकालकर मेरे हाथ में रख दिया।

"तुम्हारा हाथ बहुत सधा हुआ है, फोटो बिल्कुल साफ आया है।"

मैंने फोटो निकाला और मुझे लगा, मानो बहुत अर्से पहले की एक घड़ी—जिसे मैं बिल्कुल भूल चुका था—मेरी आँखों के सामने हू-ब-हू वैसी ही वापस लौट आई है।

छज्जे के पीछे जंगले पर माँ की साड़ी सूख रही है—उसके पीछे पहाड़ियों की धुँधली-सी रेखा है, बिजली के तार हैं, कोने में सिमटा आकाश का एक टुकड़ा है। आगे के हिस्से में बीरेन चाचा जँगले से सटे खड़े हैं। उनकी एक बाँह माँ की साड़ी से छू भर गई है और माँ...न जाने क्यों उनकी आँखें मुँद-सी गई हैं, दोनों होंठ मरी हुई तितली के परों के समान अधखुले-से रह गए हैं, मानो वे कुछ कहते-कहते अचानक रुक गए हों।

मैं न जाने कितनी देर तक फोटो निहारता रहा।

अचानक ध्यान आया कि मुझे बहुत देर हो गई है। स्टेशन जाने का समय पास सरक आया था। बाबू देर से मेरी प्रतीक्षा करते होंगे।

मैं झटपट पलंग से उतर आया।

"अच्छा बीरेन चाचा..." मुझसे आगे और कुछ नहीं कहा गया।

बीरेन चाचा ने मुझे देखा—एकटक देखते रहे, फिर धीरे से मेरे पास आए, अपने हाथों से मेरे बालों को छुआ और धीरे से मेरे माथे को चूम लिया—बिल्कुल वैसे ही जैसे उस रात माँ ने मुझे चूमा था।

उन्होंने दरवाज़ा खोला और हम बाहर बरामदे में आ गए।

"मैं तुम्हारे संग चलूँ—तुम्हें डर तो नहीं लगेगा?"

मैंने सिर हिलाकर मना कर दिया, मुझे घर का रास्ता मालूम था।

कुछ देर तक हम बरामदे में चुपचाप खड़े रहे।

"बच्ची..." बीरेन चाचा का स्वर सुनकर मैं चौंक-सा गया। मैंने उनकी ओर देखा।

"माँ ने एक किताब माँगी थी—मुझे याद नहीं रहा..." वह झिझकते हुए चुप हो गए।

"आप मुझे दे दीजिए—मैं दे दूँगा।"

किताब देते हुए मुझे लगा मानो वह कुछ कहना चाह रहे हैं, किन्तु वह चुप रहे और मैं तेज़ी से फाटक की ओर चल पड़ा।

काटेज बहुत पीछे छूट गई है। मैं एक सँकरी-सी सुनसान सड़क पर चल रहा हूँ। सामने पहाड़ी के ऊपर पेड़ों की एक लम्बी कतार चली गई है। उसके पीछे डूबते सूरज की पीली, गुलाबी, सोनाली छायाएँ आकाश पर खिंच आई हैं। चारों ओर एक हल्की, हरी-सी धुन्ध फैल गई है। घर से कुछ दूर मैं लैम्प पोस्ट के नीचे खड़ा हो गया और किताब खोलकर देखने लगा।

मैंने देखा—पन्नों के बीच में वही फोटो वाला लिफाफा रखा था।

किताब बहुत पुरानी थी—आज भी उसके ज़र्द, भुरभुरे पन्ने याद आते हैं—''फ्लाबेज़ लेटर्स टु जार्ज सां।'' उन दिनों न मैं फ्लाबे को जानता था, न जार्ज सां को। बरसों बाद जब मैंने उसे पढ़ा तो माँ नहीं थीं और बीरेन चाचा एक लम्बे अर्से से इटली में जाकर बस गए थे।

किन्तु उस दिन मेरे लिए उस पुस्तक का कोई महत्त्व नहीं था। उसे हाथ में लिये देर तक अँधेरे में खड़ा रहा—अपने घर से ऊपर वाले कमरे की ओर देखता रहा।

माँ के कमरे की खिड़की बन्द थी, सफेद-पीली रोशनी खिड़की के शीशे पर बुझी-बुझी-सी झिलमिला रही थी।

वह शिमला में हमारी आखिरी शाम थी।

डेढ़ इंच ऊपर

अगर आप चाहें तो इस मेज़ पर आ सकते हैं। जगह काफ़ी है। आखिर एक आदमी को कितनी जगह चाहिए? नहीं...नहीं...मुझे कोई तकलीफ नहीं होगी। बेशक, अगर आप चाहें, तो चुप रह सकते हैं। मैं खुद चुप रहना पसन्द करता हूँ...आदमी बात कर सकता है और चुप रह सकता है, एक ही वक्त में। इसे बहुत कम लोग समझते हैं। मैं बरसों से यह करता आ रहा हूँ। बेशक आप नहीं...आप अभी जवान हैं आपकी उम्र में चुप रहने का मतलब है चुप रहना और बात करने का मतलब है बात करना। दोनों बातें एक साथ नहीं हो सकतीं। आप छोटे मग से पी रहे हैं? आपको शायद अभी लत नहीं पड़ी। मैं आपको देखते ही पहचान गया था कि आप इस जगह के नहीं हैं। इस घड़ी यहाँ जो लोग आते हैं, उन सबको मैं पहचानता हूँ। उनसे आप कोई बात नहीं कर सकते। उन्होंने पहले से ही बहुत पी रखी होती है। वे यहाँ आते हैं, अपनी आखिरी बिअर के लिए—दूसरे पब बन्द हो जाते हैं और वे कहीं और नहीं जा सकते। वे बहुत जल्दी खत्म हो जाते हैं। मेज़ पर। बाहर सड़क पर। ट्राम में।

कई बार मुझे उन्हें उठाकर उनके घर पहुँचाना पड़ता है। बेशक, अगले दिन वे मुझे पहचानते भी नहीं। आप गलत न समझें। मेरा इशारा आपकी तरफ नहीं था। आपको मैंने यहाँ पहली बार देखा है। आप आकर चुपचाप मेज़ पर बैठ गए। मुझे यह बुरा-सा लगा। नहीं, आप घबराइए नहीं...मैं अपने को आप पर थोपूँगा नहीं। हम एक-दूसरे के साथ बैठकर भी अपनी-अपनी बिअर पर अकेले रह सकते हैं। मेरी उम्र में यह ज़रा मुश्किल है, क्योंकि हर बूढ़ा आदमी थोड़ा-बहुत डरा हुआ होता है...धीरे-धीरे गरिमा के साथ बूढ़ा होना बहुत बड़ा 'ग्रेस' है, हर आदमी के बस का नहीं। वह अपने-आप नहीं आता, बूढ़ा होना एक कला है, जिसे काफी मेहनत से सीखना पड़ता है। क्या कहा आपने? मेरी उम्र? ज़रा अन्दाज़ा तो लगाइए? अरे नहीं साहब—आप मुझे नाहक खुश करने की कोशिश कर रहे

हैं। यों आपने मुझे खुश ज़रूर कर दिया है और अगर अपनी इस खुशी को मनाने के लिए मैं एक बिअर और लूँ, तो आपको कोई एतराज़ तो नहीं होगा? और आप? आप नहीं लेंगे? नहीं...मैं ज़िद नहीं करूँगा।

हर आदमी को अपनी ज़िन्दगी और अपनी शराब चुनने की आज़ादी होनी चाहिए...दोनों को सिर्फ एक बार चुना जा सकता है। बाद में हम सिर्फ उसे दुहराते रहते हैं, जो एक बार पी चुके हैं, या एक बार जी चुके हैं। आप दूसरी ज़िन्दगी को मानते हैं? मेरा मतलब है, मौत के बाद भी? उम्मीद है, आप मुझे यह घिसा-पिटा जवाब नहीं देंगे कि आप किसी धर्म में विश्वास नहीं करते। मैं खुद कैथोलिक हूँ, लेकिन मुझे आप लोगों का यह विश्वास बेहद दिलचस्प लगता है कि मौत के बाद भी आदमी पूरी तरह से मर नहीं जाता...हम पहले एक ज़िन्दगी पूरी करते हैं, फिर दूसरी, फिर तीसरी। अक्सर रात के समय मैं इस समस्या के बारे में सोचता हूँ...आप जानते हैं, मेरी उम्र में नींद आसानी से नहीं आती। नींद के लिए छटाँक-भर लापरवाही चाहिए, आधा छटाँक थकानः अगर आपके पास दोनों चीज़ें नहीं हैं, तो आप उसका मुआवज़ा डेढ़ छटाँक बिअर पीकर कर सकते हैं... इसलिए मैं हर रोज़ आधी रात के वक्त यहाँ चला आता हूँ, पिछले पन्द्रह वर्षों से लगातार।

मैं थोड़ा-बहुत सोता ज़रूर हूँ, लेकिन तीन बजे के आस-पास मेरी नींद टूट जाती है...उसके बाद मैं घर में अकेला नहीं रह सकता। रात के तीन बजे... यह भयानक घड़ी है। मैं तो आपको अनुभव से कहता हूँ। दो बजे लगता है, अभी रात है और चार बजे सुबह होने लगती है, लेकिन तीन बजे आपको लगता है कि आप न इधर हैं, न उधर। मुझे हमेशा लगता है कि मृत्यु आने की कोई घड़ी है, तो यही घड़ी है। क्या कहा आपने? नहीं जनाब, मैं बिल्कुल अकेला नहीं रहता। आप जानते हैं, पेंशनयाफ्ता लोगों के अपने शौक होते हैं। मेरे पास एक बिल्ली है—बरसों से मेरे पास रह रही है। जब ज़रा देखिए, मैं यहाँ बिअर पीते हुए आपसे लम्बी-चौड़ी बातें कर रहा हूँ, उधर वह मेरे इन्तज़ार में दरवाज़े पर बैठी होगी। आपके बारे में मुझे मालूम नहीं, लेकिन मुझे यह ख्याल काफी तसल्ली देता है कि कोई मेरे इन्तज़ार में बाहर सड़क पर आँखें लगाए बैठा है।

मैं ऐसे लोगों की कल्पना नहीं कर सकता जिनका इन्तज़ार कोई नहीं कर रहा हो या जो खुद किसी का इन्तज़ार नहीं कर रहे हों। जिस क्षण आप इन्तज़ार करना छोड़ देते हैं, उस क्षण आप जीना भी छोड़ देते हैं। बिल्लियाँ काफी देर तक और बहुत सब्र के साथ इन्तज़ार कर सकती हैं। इस लिहाज़ से वे औरतों

की तरह हैं। लेकिन सिर्फ़ इस लिहाज़ से नहीं—औरतों की ही तरह उनमें अपनी तरफ खींचने और आकर्षित करने की असाधारण ताकत रहती है। डर और मोह दोनों ही—हम अकेले में उन्हें देखकर बँधे-लुटे-से खड़े रहते हैं। यों डर आपको कुत्तों या दूसरे जानवरों से भी लगता होगा। लेकिन वह निचले दर्जे का डर है। आप एक ओर किनारा करके चले जाते हैं, कुत्ता दूसरी ओर किनारा करके चला जाता है। उसे डर लगा रहता है कि कहीं आप उस पर बेईमानी न कर बैंठे, और आप इसलिए सहमे-से रहते हैं कि कहीं वह आँख बचाकर आप पर न झपट पड़े। लेकिन उस डर में कोई रहस्य, कोई रोमांच, कोई सम्भावना नहीं है...जैसी अक्सर बिल्ली या साँप को देखने से उत्पन्न होती है।

सच बात यह है...और यह मैं अनुभव से कह रहा हूँ कि बिल्ली को औरतों की तरह आप आखिर तक सही-सही नहीं पहचान सकते, चाहे आप उसके साथ वर्षों से ही क्यों न रह रहे हों। इसलिए नहीं कि वे खुद जान-बूझकर कोई चीज़ छिपाए रखती हैं, बल्कि खुद आप में ही इतना हौसला नहीं रहता कि आप आखिर तक उनके भीतर लगे दरवाज़ों को खोल सकें। आपको यह बात ज़रा अजीब नहीं लगती कि ज़्यादातर हमें वहीं चीज़ें अपनी तरफ खींचती हैं, जिनमें थोड़ा-सा आतंक छिपा रहता है...अगर आप बुरा न मानें तो मैं एक और बिअर लूँगा। कुछ देर में यह पब बन्द हो जाएगी और फिर सारे शहर में सुबह तक एक बूँद भी दिखाई नहीं देगी। आप डरिए नहीं...मैं पीने की अपनी सीमा जानता हूँ.... आदमी को ज़मीन से करीब डेढ़ इंच ऊपर उठ जाना चाहिए। इससे ज़्यादा नहीं, वरना वह ऊपर उठता जाएगा और फिर इस उड़ान का अन्त होगा पुलिस-स्टेशन में या किसी नाली में...जो ज़्यादा दिलचस्प चीज़ नहीं। लेकिन कुछ लोग डर के मारे ज़मीन पर ही पाँव जमाए रहते हैं...ऐसे लोगों के लिए पीना-न पीना बराबर है। जी हाँ—सही फासला है डेढ़ इंच।

इतनी चेतना अवश्य रहनी चाहिए कि आप अपनी चेतना को माचिस की तीली की तरह बुझते हुए देख सकें...जब लौ अँगुलियों के पास सरक आए तो उसे छोड़ देना चाहिए। उससे पहले नहीं। न बाद में ही। कब तक पकड़े रहना और कब छोड़ना चाहिए , पीने का रहस्य इस पहचान में छिपा है। मुश्किल यह है, हम उस समय तक नहीं पहचान पाते, जब तक डेढ़ इंच से ऊपर नहीं उठ जाते...और फिर वह किसी काम नहीं। शायद यह बात सुनकर आप हँसेंगे कि पहचान तभी आती है, जब हम पहचान के परे चले जाते हैं। मुझे बुरा नहीं लगेगा अगर आप हँसकर मेरी बात को टाल दें...मैं खुद कभी-कभी कोशिश करता हूँ

कि इस आशा के साथ रहना सीख लूँ कि कई चीज़ों को न जानना ही अपने को सुरक्षित रखने का रास्ता है। आप रफ्ता-रफ्ता इस आशा के साथ रहना सीख लेते हैं...जैसे आप अपनी पत्नी के साथ रहना सीख लेते हैं। एक ही घर में बरसों तक...हालाँकि एक संशय बना रहता है कि वह भी आपका खेल खेल रही है।

कभी-कभी आप इस संशय से छुटकारा पाने के लिए दूसरी या तीसरी स्त्री से प्रेम करने लगते हैं। यह निराश होने की शुरुआत है क्योंकि दूसरी स्त्री का अपना रहस्य है और तीसरी स्त्री का अपना। यह शतरंज के खेल की तरह है... आप एक चाल चलते हैं जिससे आपके विरोधी के सामने अन्तहीन सम्भावनाएँ खुल जाती हैं। एक खेल हारने के बाद आप दूसरे खेल में जीतने की आशा करने लगते हैं। आप यह भूल जाते हैं कि दूसरी बाज़ी की अपनी सम्भावनाएँ हैं, पहली बाज़ी की तरह अन्तहीन और रहस्यपूर्ण। देखिए...इसीलिए मैं कहता हूँ कि आप ज़िन्दगी में चाहे कितनी औरतों के सम्पर्क में आएँ, असल में आपका सम्पर्क सिर्फ एक औरत से ही होता है...क्या कहा आपने?

जी नहीं, मैं आपको पहले ही कह चुका हूँ, कि घर में मैं अकेला रहता हूँ, अगर आप मेरी बिल्ली को छोड़ दें। जी हाँ...मैं विवाहित हूँ...मेरी पत्नी अब जीवित नहीं है...यह मेरा अनुमान है। आप कुछ हैरान-से हो रहे हैं। अनुमान मैं इसलिए कह रहा हूँ, क्योंकि मैंने उसे मरते हुए नहीं देखा। जब आपने किसी को आँखों से मरते नहीं देखा, अपने हाथों से दफनाया नहीं, तो आप सिर्फ अनुमान लगा सकते हैं कि वह जीवित नहीं। आपको शायद हँसी आएगी, लेकिन मुझे लगता है कि जब तक आप खुद अपने परिचित को मरते न देख लें, एक धुँधली-सी आशा बनी रहती है कि वह अभी जीवित है...आप दरवाज़ा खोलेंगे और वह रसोई से भागकर तौलिए से हाथ पोंछती हुई आपके सामने आ खड़ी होगी। बेशक, यह भ्रम है। ऐसा होता नहीं। उसके बजाय अब बिल्ली आती है, जो दरवाज़े के पीछे देहरी पर सिर टिकाए अपनी आँखों का रंग बदलती रहती है। मैंने लोगों से कहते सुना है कि समय बहुत-कुछ सोख लेता है...क्या आप भी ऐसा सोचते हैं? मुझे मालूम नहीं...लेकिन मुझे कभी-कभी लगता है कि वह सोखता उतना नहीं, जितना बुहार देता है—अँधेरे कोनों में, या कालीन के नीचे, ताकि बाहर से किसी को दिखाई न दे। लेकिन उसके पंजे हमेशा बाहर रहते हैं, किसी भी अजानी घड़ी में वे आपको दबोच सकते हैं। शायद मैं भटक रहा हूँ... बिअर पीने का यह एक सुख है।

आप रास्ते से भटक जाते हैं और चक्कर लगाते रहते हैं...एक ही दायरे

के इर्द-गिर्द राउण्ड एण्ड राउण्ड। आप बच्चों का वह खेल जानते हैं जब वे एक दायरा बनाकर बैठ जाते हैं और सिर्फ एक बच्चा रूमाल लेकर चारों तरफ चक्कर काटता है। आपके देश में भी खेला जाता है? वाह...देखिए न...हम चाहे कितने ही अलग क्यों न हों, बच्चों के खेल हर जगह एक जैसे ही रहते हैं। उन दिनों हम सबकी कुछ वैसी ही हालत थी...क्योंकि हममें से कोई भी नहीं जानता था कि वे कब अचानक किसके पीछे अपना फन्दा छोड़ जाएँगे। हममें से हर आदमी एक भयभीत बच्चे की तरह बार-बार पीछे मुड़कर देख लेता था कि कहीं उसके पीछे तो नहीं है...जी हाँ, इन्हीं दिनों यहाँ जर्मन आए थे। आप तो उस दिनों बहुत छोटे रहे होंगे। मेरी उम्र भी बहुत ज़्यादा नहीं थी और हालाँकि लड़ाई के कारण सुबह से शाम तक काम में जुटना पड़ता था, मैं एक जवान बैल की तरह डटा रहता था।

एक उम्र होती है, जब हर आदमी एक औसत सुख के दायरे में रहना सीख लेता है...उसके परे देखने की फुरसत उसके पास नहीं होती, यानी उस क्षण तक महसूस नहीं होती जब तक खुद उसके दायरे में...आपने अक्सर देखा होगा कि जिसे हम सुख कहते हैं वह एक खास लमहे की चीज़ है—यों अपने में बहुत ठोस है, लेकिन उस लमहे के गुज़र जाने के बाद वह बहुत फीका और कुछ-कुछ हैंगओवर-सा धुँधला लगता है। किन्तु जिसे हम दुःख या तकलीफ या यातना कहते हैं, उसका कोई खास मौका नहीं होता...मेरा मतलब है वह हूबहू दुर्घटना के वक्त महसूस नहीं होती। ऐन दुर्घटना के वक्त हम बदहवास-से हो जाते हैं, हम उससे पैदा होने वाली यातना के लिए कोई बना-बनाया फ्रेम नहीं ढूँढ़ पाते जिसमें हम उसे सही-सही फिट कर सकें। किसी दुर्घटना का होना एक बात है...उसका सही-सही परिणाम अपनी पूरी ज़िन्दगी में भोगना या भोग पाने के काबिल हो सकना—बिल्कुल दूसरी बात। यह असम्भव है...ऐसा होता नहीं। मेरा मतलब है...अपने को बार-बार दूसरे की स्थिति में रखकर उतने ही कष्ट की कल्पना करना, जितना दूसरे ने भोगा था। वह कुछ कम होगा, या कुछ ज़्यादा... लेकिन उतना नहीं और वैसा नहीं, जितना दूसरे ने भोगा था। नहीं...नहीं... आप गलत न समझें। मैंने अपनी पत्नी को कष्ट भोगते नहीं देखा।

मैं जब घर पहुँचा, वे उसे ले जा चुके थे। सात बरस की विवाहित ज़िन्दगी में यह पहला मौका था जब मैं खाली घर में घुसा था। बिल्ली? नहीं, उन दिनों वह मेरे पास नहीं थी। मैंने उसे काफी वर्षों बाद पालना शुरू किया था। दूसरे घरों के पड़ोसी ज़रूर अपनी-अपनी खिड़कियों से झाँकते हुए मुझे देख रहे थे।

यह स्वाभाविक भी था। मैं खुद ऐसे लोगों को खिड़की से झाँककर देखा करता था, जिनके रिश्तेदारों को गेस्टापो-पुलिस पकड़कर बन्द गाड़ी में ले जाती थी। लेकिन मैंने यह कभी कल्पना भी न की थी कि एक दिन मैं घर लौटूँगा और मेरी पत्नी का कमरा खाली पड़ा होगा। देखिए...मैं आपसे एक बात पूछना चाहता हूँ—क्या यह अजीब बात नहीं है कि जब हम कभी मौत, यातना या दुर्घटना की बात सुनते हैं या सुबह अखबार में पढ़ते हैं, तो हमें यह विचार कभी नहीं आता कि ये चीज़ें हम पर हो सकती हैं या हो सकती थीं...नहीं, हमें हमेशा लगता है कि ये दूसरों के लिए हैं...अहा...मुझे खुशी है कि आप एक बिअर ले रहे हैं। आखिर आप खाली गिलास के सामने सारी रात नहीं बैठ सकते...क्या कहा आपने? मैं जानता था, आप यह सवाल ज़रूर पूछेंगे। अगर आप न पूछते तो कुछ आश्चर्य होता।

नहीं, जनाब...शुरू में मैं खुद कुछ नहीं समझ सका। मैंने आपसे कहा था न, कि ऐसी दुर्घटना के वक्त आदमी बदहवास-सा हो जाता है। वह ठीक-ठीक अपनी यातना का अनुमान भी नहीं लगा सकता। मेरी पत्नी की चीज़ें चारों तरफ बिखरी पड़ी थीं...कपड़े, किताबें, मुद्दत पुराने अखबार। अलमारियों और मेज़ों के दराज़ खुले पड़े थे और उनके भीतर की हर छोटी-बड़ी चीज़ फर्श पर उलटी-सीधी पड़ी थी। क्रिसमस के उपहार, सिलाई की मशीन, पुराने फोटो-एल्बम, आप जानते हैं, शादी के बाद कितनी चीज़ें खुद-ब-खुद इकट्ठा होती जाती हैं। लगता था, उन्होंने हर छोटी-से-छोटी चीज़ को उलट-पलटकर देखा था, कोने-कोने की तलाशी ली थी...कोई चीज़ ऐसी नहीं थी, जो उनके हाथों से बची रह गई हो। उस रात मैं अपने कमरे में बैठा रहा। मेरी पत्नी का बिस्तर खाली पड़ा था। तकिए के नीचे उसका रूमाल, माचिस और सिगरेट का पैकेट रखा था। सोने से पहले वह हमेशा सिगरेट पिया करती थी। शुरू में मुझे उसकी यह आदत अखरती थी, लेकिन धीरे-धीरे मैं उसका आदी हो गया था।

पलंग के पास तिपाई पर उसकी किताब रखी थी, जिसे वह उन दिनों पढ़ा करती थी...जिस पन्ने को उसने पिछली रात पढ़कर छोड़ दिया था, वहाँ निशानी के लिए उसने अपना क्लिप दबा लिया था। क्लिप पर उसके बालों की गन्ध जुड़ी थी...आप जानते हैं, किस तरह बरसों बाद भी हमें छोटी-छोटी तफ़सीलें याद रह जाती हैं। यह शायद ठीक भी है। विवाह से पहले हम हमेशा बड़ी और अनुभूतिपूर्ण चीज़ों के बारे में सोचते हैं, लेकिन विवाह के बाद अरसा साथ रहने के कारण ये बड़ी चीज़ें हाथ से फिसल जाती हैं, सिर्फ कुछ छोटी-मोटी आदतें,

ऊपर से सतही दिखने वाली दिनचर्याएं, रोज़मर्रा के आपसी भेद बचे रह जाते हैं जिन्हें हम शर्म के कारण दूसरों से कभी नहीं कहते, किन्तु जिनके बिना हर चीज़ सूनी-सी जान पड़ती है। उस रात मैं अकेले कमरे में अपनी पत्नी की चीज़ों के बीच बैठा रहा...उस घड़ी शायद मैं अपने में नहीं था। मुझे कुछ भी समझ में नहीं आ रहा था। वह अपने कमरे में नहीं थी...यह महज़ एक हकीकत थी। मैं उसे समझ सकता था। किन्तु वे उसे पकड़कर क्यों ले गए थे, यह भयानक भेद मेरी पकड़ के बाहर था।

आखिर मेरी पत्नी ही क्यों? मैं उस रात बार-बार अपने से यह प्रश्न पूछता रहा। आपको तनिक आश्चर्य होगा कि सात वर्षों की वैवाहिक ज़िन्दगी में पहली बार मुझे अपनी पत्नी पर सन्देह हुआ था...मानो उसने कोई चीज़ मुझसे छिपाकर रखी हो, कोई ऐसी चीज़ जिसका मुझसे कोई सरोकार नहीं था। बाद में मुझे पता चला कि गेस्टापो-पुलिस बहुत दिनों से उसकी ताक में थी। उसके पास कुछ गैर-कानूनी पैम्फ्लेट और पर्चियाँ पाई गई थीं जो उन दिनों अज्ञात रूप से लोगों में बाँटी जाती थीं, जर्मन अधिकारियों की आँखों में यह सबसे संगीन अपराध था। पुलिस ने ये सब चीज़ें खुद मेरी पत्नी के कमरे से बरामद की थीं...और आपको शायद यह बात काफ़ी दिलचस्प जान पड़ेगी कि खुद मुझे उनके बारे में कुछ मालूम नहीं था। उस रात से पहले तक मैं और वह एक ही कमरे में सोते थे, प्रेम करते थे...और इसी कमरे में कुछ ऐसी चीज़ें थीं जो उसका रहस्य थीं, जिसमें मेरा कोई साझा नहीं था। क्या आपको यह बात दिलचस्प नहीं लगती कि वे मेरी पत्नी को मुझसे कहीं अधिक अच्छी तरह जानते थे? ज़रा ठहरिए... मैं अपना गिलास खत्म कर लेता हूँ, मैं फिर आपका साथ दूँगा। कुछ देर बाद वे बन्द कर देंगे और फिर नहीं, इतनी जल्दी नहीं है। पीने का लुत्फ इत्मीनान से पीने में है। हमारी भाषा में एक कहावत है...हमें जी भरकर पीना चाहिए, क्योंकि सौ बरस बाद हम इस दुनिया में नहीं होंगे। सौ बरस...यह काफी लम्बा अरसा है, आप नहीं सोचते? हममें से कोई भी इतने अरसे तक ज़िन्दा रह सकेगा, मुझे शक है। आदमी जीता है...खाता है...पीता है और एक दिन अचानक फट! नहीं जनाब, भयानक चीज़ मरना नहीं है। लाखों लोग रोज़ मरते हैं और आप चूं भी नहीं करते।

भयानक चीज़ यह है कि मृत आदमी अपना भेद हमेशा के लिए अपने साथ ले जाता है और हम उसका कुछ नहीं बिगाड़ सकते। एक तरह से वह हमसे मुक्त हो जाता है। उस रात मैं अपने घर के एक कमरे से दूसरे कमरे

में चक्कर लगाता रहा...आपको शायद हँसी आएगी कि पुलिस के बाद मैं दूसरा आदमी था जिसने अपनी पत्नी की चीज़ों की दुबारा तलाशी ली थी...एक-एक चीज़ को उलट-पलटकर पूरी गहराई से उन्हें देखा-परखा था। मुसे विश्वास नहीं हो रहा था कि अपने पीछे वह मेरे लिए एक भी ऐसा निशान नहीं छोड़ जाएगी, जिसके सहारे मैं कोई ऐसी चीज़ पा सकूँ जिसमें मेरा भी साझा रहा था। उसके विवाह की पोशाक, ड्रैसिंग-टेबुल के दराज़ में रखे कुछ पत्र, जो विवाह से पहले मैंने उसे लिखे थे, कुछ पंख और पत्थर, जिन्हें वह जमा किया करती थी...ज़रा देखिए, सात वर्ष की विवाहित ज़िन्दगी के बाद मैं उस रात अपनी पत्नी की चीज़ों को कुछ इस तरह टटोल रहा था जैसे मैं उसका पति न होकर भेदिया, पुलिस का कोई पेशेवर नौकर हूँ...मुझे रह-रहकर विश्वास नहीं हो पा रहा था कि अब मैं उससे कुछ नहीं पूछ सकूँगा। वह उनके हाथों से बच नहीं सकेगी, यह मैं जानता था।

वे जिन लोगों को पकड़कर ले जाते थे, उनमें से मैंने एक को भी वापस लौटते नहीं देखा था। लेकिन उस रात मुझे इस चीज़ ने इतना भयभीत नहीं किया कि मृत्यु उसके बहुत नज़दीक है, जितना इस चीज़ ने कि मैं कभी उसके बारे में पूरा सत्य नहीं जान सकूँगा। मृत्यु हमेशा के लिए उसके भेद पर ताला लगा देगी और वह अपने पीछे एक भी ऐसा सुराग नहीं छोड़ जाएगी जिसकी मदद से मैं उस ताले को खोल सकूँगा। दूसरे दिन रात के समय उन्होंने मेरा दरवाज़ा खटखटाया। मैं तैयार होकर उनकी प्रतीक्षा में बैठा था। मुझे मालूम था, वे आएँगे। अगर मेरी पत्नी उनके सामने सब कुछ कबूल कर लेती, तो शायद उन्हें मेरी ज़रूरत न पड़ती। किन्तु मुझे मालूम था कि मेरी पत्नी अपने मुँह से एक भी शब्द नहीं निकालेगी। मैं उसके 'रहस्य' से अपरिचित रहा हूँ, उसकी आदतों से अच्छी तरह वाकिफ़ था। वह चुप रहना जानती थी...चाहे यातना कितनी ही भयंकर क्यों न हो। नहीं जनाब, मैंने अपनी आँखों से उसकी यातना को नहीं देखा, किन्तु मैं थोड़ा-बहुत अनुमान लगा सकता हूँ।

पहला प्रश्न उन्होंने मुझसे जो पूछा, वह बिल्कुल साफ था—क्या मैं श्रीमती... का पति हूँ? मैं सिर्फ उनके इस प्रश्न का उत्तर 'हाँ, में दे सका। बाकी प्रश्न मेरी समझ के बाहर थे। किन्तु वे मुझे आसानी से छोड़ने वाले नहीं थे। उन्होंने मेरी इस बात को हँसी में उड़ा दिया। जब मैंने उन्हें बताया कि मैं अपनी पत्नी की इन कार्यवाहियों के बारे में कुछ भी नहीं जानता, उन्होंने सोचा, मैं अपनी खाल बचाने के लिए कन्नी काट रहा हूँ। वे मुझे एक अलग सेल में ले गए।

पूरे हफ्ते-भर दिन-रात वे मुझे सिर्फ एक ही तरह के सवाल अलग-अलग ढंग से पूछते थे...मैं अपनी पत्नी के बारे में क्या कुछ जानता हूँ? वह कहाँ जाती थी? किन लोगों से मिलती थी? किस आदमी ने उसे लीफलेट दिए थे। मुझसे किसी तरह का भी उत्तर खींचने के लिए वे जो तरीके अपनाते थे, उनके बारे में मैं आपको कुछ भी नहीं बता सकता। मैं चाहे कितनी तफ़सील के साथ आपको क्यों न बताऊँ, आप उसका रत्ती भर भी अनुमान नहीं लगा सकेंगे...वे मुझे उस समय तक पीटते थे, जब तक मैं चेतना नहीं खो देता था। किन्तु उनमें असीम धैर्य था...वे उस समय तक प्रतीक्षा करते थे जब तक मेरी चेतना वापस नहीं लौट आती थी और फिर वही सिलसिला शुरू हो जाता था। वही पुराने सवाल और अन्तहीन यातना।

उन्हें मुझपर विश्वास नहीं होता था कि मैं—जो अपनी पत्नी के साथ अनेक वर्षों तक एक ही घर में रहा हूँ—उसकी गुप्त कार्यवाहियों के बारे में कुछ नहीं जानता। वे समझते थे कि मैं उन्हें बेवकूफ बना रहा हूँ; उनकी आँखों में धूल झोंकने की कोशिश कर रहा हूँ,। नहीं जनाब, वे मुझे पीटते थे; मुझे इसकी यातना नहीं थी, मेरी यातना यह थी कि उनके प्रश्नों का जवाब देने के लिए मेरे पास कुछ नहीं था। कहने के लिए मेरे पास कुछ अतिसाधारण घरेलू बातें थीं, जो शायद हर स्त्री अपने पति के साथ करती है। मैं कल्पना भी नहीं कर सकता था कि रोज़मर्रा दैनिक ज़िन्दगी के साथ-साथ वह एक दूसरी ज़िन्दगी जी रही थी...मुझसे अलग, मुझसे बाहर, मुझसे अछूती—एक ऐसी ज़िन्दगी जिसका मुझसे कोई वास्ता नहीं था। आपको यह बात कुछ हास्यास्पद-सी नहीं लगती कि... अगर वे उसे न पकड़ते, तो मैं ज़िन्दगी-भर यह समझता कि मेरी पत्नी वही है, जिसे मैं जानता हूँ।

आप जानते हैं, वे लड़ाई के अन्तिम दिन थे और गेस्टापो अपने शिकार को जल्दी हाथ से नहीं जाने देते थे...मेरी पत्नी ने आखिर तक कुछ भी कबूल नहीं किया। उन्होंने उससे उम्मीद छोड़ दी थी। लेकिन मुझे वे कच्चा समझते थे। वे शायद मुझे मारना नहीं चाहते थे, लेकिन मृत्यु से कम आदमी को जितना अधिक कष्ट दिया जा सकता था, उसमें उन्होंने कोई कसर नहीं उठा रखी थी। मुझे वे उसी समय छोड़ते थे, जब वे खुद थक जाते थे, या जब मैं बेहोश हो जाता था। मैंने कुछ भी कबूल नहीं किया—यह मेरा साहस नहीं था—सच बात यही थी कि मेरे पास कबूल करने के लिए कुछ भी नहीं था। आप जानते हैं, पहली रात जब मैंने अपनी पत्नी को कमरे में नहीं पाया था, तो मुझे काफी खेद

हुआ था। मुझे लगा था कि उसने मुझे अँधेरे में रखकर छलना की है। बार-बार यह ख्याल मुझे कोंचता था कि स्वयं मेरी पत्नी ने मुझे अपना विश्वासपात्र बनाना उचित नहीं समझा। लेकिन बाद में गेस्टापो के सामने पीड़ा और कष्ट के असह्य क्षणों से गुज़रते हुए—मैं उसके प्रति कृतज्ञ-सा हो जाता था कि उसने मुझसे कुछ नहीं कहा। उसने एक तरह से मुझे बचा लिया था।

मैं आज भी इस बात का निर्णय नहीं कर सका हूँ कि अगर मुझे अपनी पत्नी का भेद मालूम होता तो क्या मैं चुप रहने का हौसला बटोर सकता था? ज़रा सोचिए, मेरी यन्त्रणा कितनी अधिक बढ़ जाती अगर मेरे सामने कबूल करने का रास्ता खुला होता! आप मज़बूरी में बड़ी-से-बड़ी यातना सह सकते हैं, लेकिन अगर आपको मालूम हो कि आप किसी भी क्षण उस यातना से छुटकारा पा सकते हैं, चाहे उसके लिए आपको अपनी पत्नी, अपने पिता, अपने भाई के साथ ही विश्वासघात क्यों न करना पड़े...तब आप यातना की एक सीमा के बाद वह रास्ता नहीं चुन लेंगे, इसके बारे में कुछ भी कहना असम्भव है। चुनने की खुली छूट से बड़ी पीड़ा कोई दूसरी नहीं। मुझे कभी-कभी लगता है कि निर्णय की इस यातना से मुझे बचाने के लिए ही मेरी पत्नी ने अपना रहस्य कभी मुझे नहीं बताया। देखिए...अक्सर कहा जाता है कि प्रेम में किसी तरह का दुराव-छिपाव नहीं होता, वह आईने की तरह साफ होता है।

मैं सोचता हूँ इससे बढ़कर भ्रान्ति कोई दूसरी नहीं। प्रेम करने का अर्थ अपने को खोलना ही नहीं है, बहुत-कुछ अपने को छिपाना भी है ताकि दूसरे को हम अपने निजी खतरों से मुक्त रख सकें...हर स्त्री इस बात को समझती है और चूँकि वह पुरुष से कहीं अधिक प्रेम करने की क्षमता रखती है, उसमें अपने को छिपाने का भी साहस होता है। आप ऐसा नहीं सोचते? सम्भव है, मैं गलत हूँ...लेकिन जब रात को मुझे नींद नहीं आती तो अक्सर मुझे यह सोचकर हल्की-सी तसल्ली मिलती है कि...छोड़िए , मैं समझा नहीं सकता। जब मैंने आपको अपनी मेज़ पर बुलाया था तो इस आशा से नहीं कि मैं आपको कुछ समझा सकूँगा। क्या कहा आपने? नहीं जनाब...उसके बाद मैंने अपनी पत्नी को दुबारा नहीं देखा। एक दुपहर जब मैं घर लौट रहा था, मेरी निगाहें उस पोस्टर पर जा पड़ी थीं।

उन दिनों अक्सर वे पोस्टर तीसरे-चौथे दिन शहर की दीवारों पर चिपका दिए जाते थे...हर पोस्टर पर तीस-चालीस नाम होते थे जिन्हें पिछली रात गोली से मार दिया गया था...जब मेरी निगाह अपनी पत्नी के नाम पर पड़ी तो मुझे

कुछ क्षणों तक यह काफी-विचित्र-सा लगता रहा कि उस छोटे-से नाम के पीछे मेरी पत्नी का चेहरा हो सकता है...मैंने आपसे कहा न, कि जब तक आप अपनी आँखों से किसी को मरते न देख लें, आपको विश्वास नहीं होता कि वह जीवित नहीं है...एक धुँधली-सी आशा बनी रहती है कि आप दरवाज़ा खोलेंगे...लेकिन देखिए, मैं अपनी बातें दुहराने लगा हूँ। बिअर पीने का यह सुख है कि आप एक ही दायरे के इर्द-गिर्द चक्कर लगाते रहते हैं...राउण्ड एण्ड राउण्ड एण्ड राउण्ड। आप जा रहे हैं? ज़रा ठहरिए...मैं 'सलामी' के कुछ टुकड़े अपनी बिल्ली के लिए खरीद लेता हूँ...बेचारी इस समय तक भूखी-प्यासी मेरे इन्तज़ार में बैठी होगी। नहीं...नहीं...आपको मेरे साथ आने की ज़रूरत नहीं है। मेरा घर ज़्यादा दूर नहीं है और मैं पीने की अपनी सीमा जानता हूँ। मैंने आपसे कहा था न...सिर्फ डेढ़ इंच ऊपर।

अन्तर

बस से उतरकर वह बाज़ार के चौराहे पर खड़ा हो गया। सामने टाउन हॉल की इमारत थी—लम्बी और भयावह। पहली मंज़िल पर लम्बी, मैली खिड़कियाँ थीं, जिनके शीशे पर शाम की धूप और भी मैली दिख रही थी। उससे हटकर कुछ दूकानें थीं—एक पब, एक नाई की दुकान और दो जनरल स्टोर। आगे छोटा-सा स्क्वैर था।

—आखिरी बस कितने बजे जाएगी?—उसने उसी बस के कंडक्टर से पूछा जिसमें वह आया था।

—दस बजे—कण्डक्टर ने उड़ती हुई निगाहों से उसे देखा और ओवरकोट की जेब से बिअर की बोतल निकाल ली।

वह दूकानों की तरफ चला आया। वह यहाँ पहली बार आया था, किन्तु उसे विशेष अन्तर नहीं जान पड़ा। वह जब कभी प्राग से दूर छोटे शहरों में जाता था, वे उसे एक समान ही दिखाई देते थे। टाउन हॉल, चर्च और बीच में स्क्वैर और खाली-सा उनींदापन।

हवा ठण्डी थी, हालाँकि मई का महीना आगे बढ़ चुका था। उसने अपने डफल बैग से मफलर निकाल लिया। दस्ताने उसके कोट की जेब में थे। वह अभी उन्हें नहीं पहनना चाहता था। उसकी पीठ पर स्लीपिंग किट थी। अगर कहीं रात की बस वह नहीं पकड़ सका तो बाहर सो जाएगा। उसे होटल की अपेक्षा बाहर सोना हमेशा अच्छा लगता था—अगर ठण्ड ज़्यादा न हो।

जब पिछली गर्मियों में वह उसके साथ मोराविया गई थी, तो भी वे बाहर सोते थे। एक ही स्लीपिंग किट में। वे इसी तरह सारा मोराविया घूम लिये थे। उसके साथ पहले-पहल उसे बाहर सोने की आदत पड़ गई थी। होटल की जो बचत होती थी, उसे वे हमेशा बिअर पर खर्च कर देते थे।

वह कुछ देर तक पिछली गर्मियों के बारे में सोचता रहा। फिर उसने मफलर

को अच्छी तरह गले और कानों से लपेट लिया। ठण्ड काफी है।—उसने सोचा—लेकिन वह असहनीय नहीं है।

असहनीय शायद कुछ भी नहीं है। उसके लिए भी नहीं। शुरू में वह बहुत डर गई थी। अब वह ठीक होगी। अब कोई डर नहीं है...उसने सोचा। अब बिल्कुल कोई डर नहीं है—उसने दुबारा अपने से कहा।

वह कुछ देर तक खाद्य पदार्थों के स्टोर के सामने खड़ा रहा, शो-विण्डों में गौर से देखता रहा, फिर कुछ सोचकर भीतर चला आया।

दूकान में 'सेल्फ-सर्विस' थी। उसने काउण्टर के नीचे से एक टोकरी निकाल ली। दोनों ओर लम्बी कतार में छोटे-बड़े टिन के डिब्बे रखे थे। इन दिनों ताज़े फल देखने को भी नहीं मिलते थे। उसने आडुओं और अनानास के दो टिन टोकरी में रख लिये। आधा किलो 'सलामी' और फ्रेंच पनीर की कुछ टिकियाँ भी लिफाफे में बँधवा लीं। उसे 'फ्रेंच चीज़' हमेशा ही बहुत पसन्द थी। रात को जब कभी वह उसके कमरे में सोती थी, तो एक चूहे की तरह उसे बराबर कुतरती रहती थी।

स्टोर से बाहर निकलते हुए उसे कुछ याद आया और उसने दुबारा मुड़कर 'लीपा' का एक पैकिट खरीद लिया। अस्पताल में शायद उसके पास सिगरेट नहीं होगी।—उसने सोचा।

सारा सामान उसने अपने डफल बैग में रख लिया। स्टोर से बाहर निकलकर उसे प्यास-सी महसूस हुई। समय काफी है।—उसने सोचा। ज़्यादा नहीं है, लेकिन वह छोटी बिअर के लिए काफी है। स्क्वैर पार करके वह 'पब' में चला आया।

वह बैठा नहीं। बार के काउण्टर के सामने खड़ा रहा।

—एक छोटी बिअर—उसने कहा। बारमैन ने बिना उसकी ओर देखे एक मग बिअर नल के नीचे रख दिया। जब झाग मग से ऊपर चढ़कर बाहर फिसलने लगा, उसने नल की टोंटी बन्द कर दी। एक मैले तौलिए से मग को साफ किया और उसके सामने रख दिया।

उसने मग होंठों से लगा लिया। बिअर कसैली और गुनगुनी-सी थी, फिर भी उसे बुरी नहीं लगी। बारमैन इस बीच जेब से एक सासेज़ निकाल कर खाने लगा था। वह एक अधेड़ उम्र का व्यक्ति था। उसकी नीली आँखें आँसुओं में तैर रही थीं।

—आप बता सकेंगे, अस्पताल किस तरफ है?—उसने पूछा।

बारमैन ने गौर से उसकी ओर देखा, फिर उसकी आँखें उसके स्लीपिंग-किट पर ठिठक गईं—क्या प्राग से आए हो?

उसने सिर हिलाया।

वह तनिक सन्देह-भरी दृष्टि से उसकी ओर देखता रहा।

टाउन हाल की दाईं तरफ...सिमिट्री से ज़रा आगे।—उसने कहा।

क्या ज़्यादा दूर है?—उसने पूछा।

उसने आधी कतरी हुई सासेज़ को अश्लील ढंग से ऊपर कर दिया—एक किलोमीटर...उसने हँसते हुए कहा।

उसने उसे धन्यवाद दिया, तीन क्राउन का नीला नोट काउण्टर पर रखा और बिना चेंज की प्रतीक्षा किए बाहर चला आया।

बाहर बसन्त का चमकीलापन था...वैसा बोझिल नहीं, जो गर्मियों में होता है...एक हलका धुला-सा आलोक, जो लम्बी सर्दियों के बाद आता है।

दस मिनट का रास्ता था और वह तेज़ी से चल रहा था। उसे अब ज़्यादा घबराहट नहीं थी। उसे अब उतनी घबराहट नहीं थी, जितनी बस में हो रही थी। बिअर के बाद उसे हल्का-सा लग रहा था। स्क्वैर छोड़ने के बाद वह एक खुले रास्ते पर आ गया था। हवा ठहर गई थी और कभी-कभी दूर के खेतों में ट्रैक्टर का घुर्र-घुर्र स्वर मक्खी की भिनभिनाहट-सा सुनाई दे जाता था।

सिमिट्री के पास आकर उसने सिगरेट जलाई; फिर डफल बैग को एक कन्धे से उतारकर दूसरे कन्धे पर लटका लिया। सिमिट्री के इर्द-गिर्द बर्चा के पेड़ थे और उनकी नई पत्तियाँ डूबती हुई धूप में झिलमिला रही थीं। कच्ची सड़क पर बर्फ के पिघलने से कहीं-कहीं दलदल जमा हो गया था और उन पर मोटर-लारियों और ट्रकों के निशान उभर आए थे। उसने अपने पैंट के पायँचे ऊपर चढ़ा लिये—उसे खुशी हुई कि यहाँ उसे देखने वाला कोई नहीं है। लेकिन वह उसे देखकर ज़रूर हैरान हो जाएगी। वह शायद खुश भी होगी, लेकिन इसके बारे में वह निश्चित नहीं था। उसने प्राग से आते समय उसे मना कर दिया था। वह नहीं चाहती थी कि किसी को कोई सन्देह हो सके। उन्होंने यह तय किया था कि वह दो दिन यहाँ अस्पताल में रहेगी, बाद में जब वह वापस प्राग आएगी, तो किसी को भी कुछ पता नहीं चलेगा।

अस्पताल के गेट के सामने वह रुक गया। छोटी-सी पहाड़ी के ऊपर उसकी इमारत किसी कालेज होस्टल की तरह दिखाई दे रही थी—उतनी ही आत्मीय और निर्दोष। अस्पताल की इमारतों में अक्सर जो ठिठुरता हुआ नंगापन होता है, वह उसमें बिल्कुल नहीं था।

उसने अपनी पैंट के पायँचे नीचे की ओर मोड़ दिए और दरवाज़ा खोलकर

भीतर चला आया। सामने एक लम्बा कॉरीडोर था। बीच-बीच में फूलों के गमले रखे थे। साफ-सुथरे फर्श पर कॉरीडोर के खम्भों की टेढ़ी छायाएँ धूप में खिंच आई थीं।

ज़ीने के पास उसे एक बड़ा-सा डेस्क दिखाई दिया। ऊपर रिसेप्शन का साइनबोर्ड लगा था। उसके पीछे एक स्त्री नर्स की पोशाक में बैठी थी। वह अखबार पढ़ रही थी और उसका चेहरा नहीं देखा जा सकता था।

वह कुछ झिझकता हुआ डेस्क की ओर बढ़ा।

नर्स ने अखबार से सिर उठाकर उसकी ओर देखा।

—किससे मिलना चाहते हैं?

उसने नाम बताया। उसे लगा वह नर्स ही नहीं है, नर्स की पोशाक में वह एक स्त्री भी है। इस ख्याल से उसे कुछ सान्त्वना-सी मिली।

उसने डेस्क की दराज़ से एक लिस्ट निकाली।

—मैटर्निटी वार्ड में?—उसने पूछा।

वह क्षण भर तक असमंजस में खड़ा रहा, फिर उसने माथे का पसीना पोंछा।

—मुझे यह नहीं मालूम। मैं पहली बार यहाँ आया हूँ। क्या आप लिस्ट में देख सकती हैं?—उसने कहा। हालाँकि यह कहने की कोई ज़रूरत नहीं थी। वह पहले से ही लिस्ट देख रही थी।

—मैटनिर्टी वार्ड में आपकी पत्नी का नाम नहीं है।—नर्स ने प्रश्न-भरी दृष्टि से उसकी ओर देखा।

—वह मेरी पत्नी नहीं है।—उसने कहा—मेरा मतलब है, अभी तक हम विवाहित नहीं हैं...। उसने डेस्पेरेट होकर मुस्कराने की कोशिश की। फिर उसे लगा कि यह स्पष्टीकरण न केवल निरर्थक है, बल्कि मूर्खतापूर्ण भी।

नर्स ने कुछ अजीब रूखे ढंग से उसकी ओर देखा और फिर धीरे से अपने बाल पीछे समेट लिये।

आपको मुझे यह पहले बता देना चाहिए था।—उसने कहा। उसके स्वर में खीझ नहीं थी, सिर्फ एक ठण्डी-सी विरक्ति थी। उसने डेस्क के भीतर से दूसरी लिस्ट निकाल ली। एक बार फिर नाम पूछा।

वह चुपचाप प्रतीक्षा करने लगा।

—पहली मंजिल, दाईं तरफ सर्जिकल वार्ड।—उसने सरसरी निगाहों से उसकी ओर देखा और फिर अखबार पढ़ने लगी।

वह गलियारे के अन्तिम छोर पर पहुँचकर सीढ़ियाँ चढ़ने लगा। दोनों तरफ

दरवाज़े खुले थे। औरतें अपनी जुपानों (लम्बी स्कर्ट) में बिस्तरों पर बैठी थीं। दरवाज़ों के बाहर रस्सी पर नायलोन की जुराबें, ब्रेसियर और अण्डरवियर सूख रहे थे। हवा में एक खट्टी, गिल-गिली-सी गन्ध ठहर गई थी, जो अक्सर औरतों की घरेलू देहों या कपड़ों से आती है। लोहे की रेलिंग पर रेत से भरी हुई लाल-नीली बाल्टियाँ लटक रही थीं—शायद आग बुझाने के लिए—उसने सोचा।

जब वह सर्जिकल वार्ड की ओर मुड़ा, तो उसे लगा जैसे किसी ने पीछे से उनका हाथ पकड़ लिया हो। वह तनिक चौंककर पीछे मुड़ा। एक लम्बे कद का हृष्ट-पुष्ट व्यक्ति उसके सामने खड़ा था। उसने लम्बा सफेद कोट और पाजामा पहन रखा था जो यहाँ डाक्टरों की पोशाक होती है।

—किससे मिलना है?—उसने पूछा।

उसने फिर नाम बताया।

—अच्छा...लेकिन इसे यहीं छोड़ देना होगा।—उसने अँगूठे से उसके स्लीपिंग-किट की ओर इशारा किया।

उसने स्लीपिंग-किट पीठ से उतारकर एक कोने में रख दिया।

—इसमें क्या है?—उसने उसके डफल बैग की ओर देखा।

उसने चुपचाप कन्धे से बैग उतारकर उसके सामने रख दिया।

डॉक्टर ने सरसरी निगाह से बैग में रखे डिब्बों को देखा और फिर धीरे से हँस दिया।

—सो...यू आर दि मैन—उसने अपनी भाषा छोड़कर अंग्रेज़ी में कहा।

—क्या मतलब?

—कुछ नहीं...वह फिर अपनी भाषा पर उतर आया था।

—बेड नं. 17...सिर्फ आध घण्टा। वह अभी बहुत कमज़ोर है—उसने रूखे व्यावसायिक स्वर में कहा—तुम भीतर जा सकते हो।

लेकिन उसके बाद वह तुरन्त भीतर नहीं जा सका। कुछ देर तक वह डफल बैग को बच्चों की तरह दोनों हाथों में लेकर खड़ा रहा।

दरवाज़े के पास एक खाली ह्वील-चेयर थी। सामने एक बड़ा हॉल था। दोनों तरफ छोटे-छोटे क्यूबिकल थे और उनके बीच लम्बे, गुलाबी रंग के परदे लटक रहे थे। हर क्यूबिकल के पीछे एक मद्धिम-सी रोशनी टिमटिमा रही थी। हॉल के एक कोने में स्ट्रेचर पड़ा था। उस पर कुछ रूई की गन्दी पट्टियाँ थीं—शायद कोई नर्स जल्दी में उन्हें उठाना भूल गई थी।

वह भीतर चला आया। स्लीपिंग-किट उतारने के बाद उसे अपनी पीठ बहुत

हल्की-सी लग रही थी। सत्रह नम्बर के आगे आकर खड़ा हो गया। भीतर निपट शान्ति थी। वह शायद सो रही थी।—उसने सोचा।

पहले क्षण में उसे वह दिखाई नहीं दी।

सामने एक बड़ा-सा बिस्तर था, बिल्कुल समतल और सफेद। ऊपर दो लम्बी चादरें थीं और वे बिल्कुल सफेद थीं। यह पता चलाना भी मुश्किल था कि सिरहाना किस तरफ है। बिस्तर पर कहीं भी कोई उतार-चढ़ाव नहीं था। एक क्षण के लिए उसे लगा, वह खाली है।

वह खाली नहीं था। चादर से उसका सिर बाहर आया, फिर आँखें। वह उसे देख रही थी, फिर एक छोटी-सी मुस्कराहट उसके होठों पर सिमट आई। वह पहचान गई थी।

उसने आँखों से स्टूल की ओर इशारा किया। उस पर दूध से भरा एक कप रखा था।

—तुमने पिया नहीं? उसने झुककर कहा।

—बाद में...इसे नीचे रख दो।

उसने स्टूल बिस्तर के पास खिसका लिया।

—कब आए?

—अभी कुछ देर पहले...।

उसके होंठ जामुनी रंग के हो आए थे। जगह-जगह से लिपस्टिक की लाइन टूट गई थी।

—कब हुआ?—उसने पूछा।

—सुबह...। अपना कोट उतार दो।—उसने अपना कोट और डफल बैग उतारकर स्टूल के पीछे रख दिया। खिड़की बन्द थी। नीचे उसका सूटकेस पड़ा था, जो वह प्राग से अपने साथ लाई थी।

—ज़्यादा देर तो नहीं लगी?—उसने पूछा।

—नहीं उन्होंने क्लोरोफार्म दे दिया था। मुझे कुछ भी पता नहीं चला।—उसने कहा।

—मैंने तुमसे कहा था कि तुम्हें कुछ भी पता नहीं चलेगा...तुम मानती नहीं थीं।—उसने मुस्कराने की कोशिश की।

वह चुपचाप उसकी ओर देखती रही।

—मैंने तुमको आने के लिए मना किया था।—उसने कहा।

—मुझे मालूम है...लेकिन अब मैं यहाँ हूँ।

वह बिस्तर पर झुक आया। उसने उसके भूरे बालों को चूमा...फिर होंठों को। कमरे की गर्मी के बावजूद उसका चेहरा बिल्कुल ठण्डा था। वह चूमता रहा। वह तकिए पर सिर सीधा किए लेटी रही।

—तुम अब सुखी हो?—उसका स्वर बहुत धीमा था।

—हम दोनों पहले भी सुखी थे।—उसने कहा।

—हाँ...लेकिन अब तुम सुखी हो?

—तुम जानती हो...यह हम दोनों के लिए ठीक था...मैंने तुमसे पहले भी कहा था।

चादर उसके वक्ष के नीचे खिसक आई। उसने हरे रंग की नाइट-शर्ट पहन रखी थी। उस पर काले रंग के फूल थे। अपने कमरे में उन फूलों को देखकर उसकी देह में मीठा-सा तनाव उत्पन्न हो जाता था। अब वे उसकी आँखों को चुभ रहे थे।

—यह क्या है?—उसने डफल बैग की ओर देखा।

—कुछ नहीं....मैंने कुछ चीज़ें यहाँ खरीद ली थीं।—वह बारी-बारी से हर चीज़ को बैग से निकालकर बिस्तर पर रखने लगा—आड़ू और अनानास के टिन, सलामी, फ्रेंच पनीर, लीपा का पैकेट।

—तुम एक पनीर अभी लोगी?

—नहीं...बाद में—वह बिस्तर पर बिखरी चीज़ों को देखती रही।

—इन दिनों तुम्हें खाने-पीने में लापरवाही नहीं करनी चाहिए।—उसने कहा।

—वहाँ किसी ने मेरे बारे में पूछा तो नहीं था?

—नहीं...किसी को नहीं मालूम कि तुम यहाँ हो।—उसने कहा। वह कुछ देर तक आँखें मूँदकर लेटी रही। उसके बाल पहले भी छोटे थे...तकिए पर सटे रहने के कारण अब वे और भी सिमट आए थे। पिछली गर्मियों में उसने उन्हें काले शेड में रंगा लिया था—सिर्फ उसे खुश करने के लिए। उसे ज़्यादा अच्छे नहीं लगे थे। तब से वे फिर धीरे-धीरे भूरे हो चले थे, हालाँकि अब भी कहीं बीच-बीच में काला शेड दिखाई दे जाता था।

—तुम्हें थकान लग रही है?—उसने उसका हाथ अपने हाथ में ले लिया।—नहीं...उसने उसकी ओर देखा। फिर उसने उसका हाथ चादर के नीचे घसीट लिया। धीरे-धीरे वह उसे अपने पेट पर ले गई।

—कुछ फरक लगता है?—उसने पूछा। उसका हाथ उसके नंगे, गरम पेट पर पड़ा रहा।

—तुम्हें कोई तकलीफ तो नहीं है?

—नहीं—वह धीरे से हँस पड़ी—अब मुझे बड़ा हल्का-सा लग रहा है। अब यहाँ कुछ भी नहीं है ।—उसने उसकी ओर देखा। उसके होंठों की रूखी लिपिस्टिक रोशनी में चमक रही थी। उसने धीरे से अपना हाथ बाहर खींच लिया।

—तुम्हें ज़्यादा नहीं बोलना चाहिए।—उसने कहा।

—मुझे बड़ा हल्का-सा लग रहा है।—उसने कहा।

—डॉक्टर ने तुमसे कुछ कहा था?

—नहीं...लेकिन एक महीना पहले आ जाती, तो इतनी कमज़ोरी नहीं होती।

—तुम्हें काफी कमज़ोरी महसूस हो रही है?—उसने पूछा।

—नहीं, मुझे बड़ा हल्का-सा लग रहा है।

—मैंने तुमसे पहले भी जल्दी आने के लिए कहा था। लेकिन तुम टालती रहीं।

—तुम हर बात पहले से ही ठीक कहते हो।—उसने कहा।

वह चुप रहा और दूसरी ओर देखने लगा।

—तुमने बुरा मान लिया?—वह कुहनी के सहारे बैठकर उसकी ओर देखने लगी।

—नहीं—लेकिन तुम्हें ज़्यादा नहीं बोलना चाहिए।—उसने उसके बालों को सहलाते हुए कहा।

—देखो...अब कोई फिक्र नहीं है—उसने कहा—अब मैं ठीक हूँ।

—लेकिन तुम अब भी उसके बारे में सोचती हो।—उसने कहा।

मैं किसी के बारे में नहीं सोचती।—उसने कहा। फिर उसने उसके कोट के बटन खोल दिए।

—तुमने स्वेटर नहीं पहना?—उसने पूछा।

—आज ज़्यादा सरदी नहीं थी।—उसने कहा। वे कुछ देर तक चुप रहे। बीच में नर्स आई थी। वह ब्लौंड थी और देखने में काफी खुशमिज़ाज-सी जान पड़ती थी। उसने उन दोनों को देखा फिर वह बिस्तर के पास चली आई।

—तुम्हें अभी इस तरह नहीं बैठना चाहिए।—नर्स ने उसका सिर तकिए पर टिका दिया। फिर उसने एक नज़र उसकी ओर देखा।

—इन पर ज़्यादा स्ट्रेन डालना ठीक नहीं होगा।

—मैं कुछ देर में चला जाऊँगा।—उसने कहा।

नर्स ने बिस्तर पर बिखरी चीज़ों को देखा। वह उसकी ओर मुड़ी और मुस्करा

दी—आपको भविष्य में सावधान रहना चाहिए।—उसने कहा। उसके स्वर में हल्का-सा मज़ाक था। वह चुप रहा और दूसरी ओर देखने लगा। जाते हुए वह ठहर गई।

—तुम्हारे पास रूई काफी है?—उसने पूछा।

—हाँ, धन्यवाद सिस्टर।—उसने कहा। नर्स बाहर चली गई।

—तुम ज़रा दूसरी तरफ मुड़ जाओ।—उसने धीरे से कहा। वह तकिए के नीचे से कुछ निकाल रही थी।

—मैं बाहर चला जाता हूँ।—उसने कहा।

—नहीं, उसकी कोई ज़रूरत नहीं। सिर्फ अपना सिर मोड़ लो।

वह पीछे दीवार की ओर देखने लगा। उसे बहुत पहले की रातें याद हो आईं, जब वह उसके कमरे में बिस्तर से उठकर कपड़े पहनती थी और वह दीवार की ओर मुँह मोड़कर उसके स्कर्ट की सरसराहट सुनता रहता था।—बस...ठीक है।—उसने कहा।

उसने स्टूल मोड़कर उसके सिरहाने के पास खिसका दिया। हवा में हल्की-सी गन्ध थी, जो क्लोरोफार्म की गन्ध से अलग जान पड़ती थी। उसकी आँखें अनायास पलंग के नीचे चिलमची पर पड़ गई—उसमें खून में रंगी बहुत-सी पट्टियाँ पड़ी थीं। यह खून उसका हो सकता है, उसे विश्वास नहीं हो सका।

—क्या तुम्हें अब भी...वह बीच में रुक गया।

—नहीं...अब बहुत कम आ रहा है।

उसने झुककर चिलमची को पलंग के नीचे खिसका दिया।

—तुम्हारे पास सिगरेटें हैं?—उसने पूछा। वह फिर लेट गई।

उसने लीपा की डिब्बी से दो सिगरेटें निकालकर मुँह में रख लीं। दोनों को दियासलाई से जलाया और उनमें से एक उसे दे दी।

—तुम यहाँ सिगरेट पी सकती हो?

—नहीं...लेकिन कोई देखता नहीं—उसने एक लम्बा गहरा कश लिया। धुआँ बाहर निकलते समय उसके नथूने धीरे से काँप रहे थे। फिर उसने उसे चिलमची में फेंक दिया।

—मैं पी नहीं सकती।—एक पतली कमज़ोर-सी मुस्कराहट उसके होंठों पर सिमट आई। उसने चिलमची से सिगरेट निकालकर बुझा दी। सिगरेट के एक सिरे पर उसकी लिपिस्टिक का निशान जमा रह गया था।

—तुम अब एक पनीर लोगी?

—नहीं...तुम्हें अब जाना चाहिए।

—मैं चला जाऊँगा, अभी समय है।

उसने अपनी आँखें मूँद ली थीं। लम्बी, भूरी पलकें उसके पीले चेहरे पर मोम की गुड़िया की पलकों-सी दिखाई दे रही थीं।

—तुम्हें क्या नींद आ रही है?—उसने धीमे स्वर में पूछा।

—नहीं...उसने आँखें खोल दीं। उसका हाथ अपने हाथ में लेकर वह उसे धीरे-धीरे मसलने लगी।

—मैंने सोचा था, तुम आओगे।—उसने कहा।

वह चुपचाप उसे देखता रहा।

—सुनो...अब हम पहले की तरह रह सकेंगे।—उसके स्वर में हल्का-सा विस्मय था।

—तुम्हें याद है...उसने उसका हाथ दबाकर कहा—पिछली गर्मियों में हम इटली जाना चाहते थे...अब हम वहाँ जा सकते हैं।

—अब हम कहीं भी जा सकते हैं—उसने उसकी ओर देखा—अब कोई झंझट नहीं है।

उसे फिर उसका स्वर कुछ अजीब-सा लगा, लेकिन वह मुस्करा रही थी और तब उसका मन फिर आश्वस्त हो गया।

कॉरीडोर में ह्वील-चेयर के पहियों की चरमराहट सुनाई दी थी...पास के क्यूबिकल में कोई ऊँचे स्वर में चीख रहा था। किसी स्त्री ने परदा उठाकर भीतर झाँका था, लेकिन उसे वहाँ बैठा देखकर वह हड़बड़ाकर वापस मुड़ गई थी।

उसने घड़ी देखी और फिर वह ओवरकोट पहनने लगा।

—तुम्हें ये चीज़ें खा लेनी होंगी—उसने अंग्रेज़ी में कहा।

उसने सिर हिलाया—तुम समझीं, जो मैंने कहा?

—तुमने कहा, तुम्हें ये चीज़ें खानी होंगी—उसने अंग्रेज़ी में उसका वाक्य दुहरा दिया। वे धीरे से हँस पड़े।

उसने अपना मफलर गले में बाँध लिया। खाली डफन बैग को कन्धे पर लटकाकर वह स्टूल से उठ खड़ा हुआ—तुम अब जाओगे?

—हाँ, लेकिन कल मैं इसी वक्त आऊँगा।—उसने कहा। वह अलपक उसकी ओर देखती रही—इधर आओ।—उसने कहा।

वह सिरहाने के पास झुका। उसने अपनी देह से चादर हटा दी और दोनों हाथों से उसका चेहरा अपने वक्ष पर खींच लिया।

—कोई आ जाएगा।—उसने धीरे से कहा।

—आ जाने दो।—उसने कहा।

कुछ देर बाद जब वह बाहर आया, वसन्त की रात झुक आई थी। हवा में धरती की सोंधी-सी गन्ध का आभास था। उसने निश्चिन्त होकर ठण्डी-ताज़ी हवा में साँस ली। अस्पताल के उस तंग, ज़रूरत से ज़्यादा गर्म क्यूबिकल के बाद उसे बाहर का खुलापन बहुत सुखद प्रतीत हो रहा था। उसने घड़ी देखी। अभी दस मिनट बाकी थे। उसे हल्की-सी खुशी हुई कि वह प्राग जाने से पहले एक बिअर पी सकेगा।

कुछ देर तक वह पलंग पर आँखें मूँदे लेटी रही। जब उसे निश्चय हो गया कि वह अस्पताल से दूर जा चुका है, तो वह धीरे से उठी। खिड़की खोल दी। बाहर अँधेरे में उस छोटे-से शहर की बत्तियाँ जगमगा रही थीं। उसे प्राग में अपने होस्टल का कमरा याद हो आया। वह सिर्फ दो दिन पहले उसे छोड़कर आई थी। लेकिन उसे लग रहा था, जैसे तब से एक लम्बी मुद्दत गुज़र गई है। वह कुछ देर तक वहीं निश्चल खड़ी रही। मैटर्निटी वार्ड से किसी बच्चे के रिरियाने की आवाज़ सुनाई दी थी, फिर सब खामोश हो गया।

वह चुपचाप बिस्तर के पास चली आई। अपने सूटकेस से एक पुराना तौलिया निकाला। फिर उसमें करीने से उन सब चीज़ों को लपेटा, जो वह उसके लिए छोड़ गया था। खिड़की के पास आकर उसने उन्हें बाहर अँधेरे में फेंक दिया।

जब वह वापस अपने बिस्तर के पास आई, तो उसका सिर चकराने लगा। स्टूल पर लीपा का पैकेट अब भी पड़ा था। उसने एक सिगरेट सुलगाई, लेकिन उसे उसका स्वाद फिर अजीब-सा लगा। उसे फर्श पर बुझाकर वह पलंग पर लेट गई। एक छोटा-सा गरम आँसू उसकी आँखों की कोरों से बहता हुआ उसके बालों में खो गया, किन्तु पता नहीं चला। वह आराम से सो रही थी।

परिन्दे

अँधेरे गलियारे में चलते हुए लतिका ठिठक गई। दीवार का सहारा लेकर उसने लैंप की बत्ती बढ़ा दी। सीढ़ियों पर उसकी छाया एक बेडौल कटी-फटी आकृति खींचने लगी। सात नंबर कमरे से लड़कियों की बातचीत और हँसी-ठहाकों का स्वर अभी तक आ रहा था। लतिका ने दरवाज़ा खटखटाया। शोर अचानक बंद हो गया।

"कौन है?"

लतिका चुप खड़ी रही। कमरे में कुछ देर तक खुसुर-पुसुर होती रही, फिर दरवाज़े की चटखनी के खुलने का स्वर आया। लतिका कमरे की देहरी से कुछ आगे बढ़ी; लैंप की झपकती लौ में लड़कियों के चेहरे सिनेमा के परदे पर 'क्लोज-अप' की भाँति उभरने लगे।

"कमरे में अँधेरा क्यों कर रखा है?" लतिका के स्वर में हल्की-सी झिड़की का आभास था।

"लैंप में तेल ही खतम हो गया, मैडम!"

यह सुधा का कमरा था, इसलिए उसे ही उत्तर देना पड़ा। होस्टल में शायद वह सबसे अधिक लोकप्रिय थी, क्योंकि सदा छुट्टी के समय या रात को डिनर के बाद आस-पास के कमरों में रहनेवाली लड़कियों का जमघट उसी के कमरे में लग जाता था। देर तक गप-शप, हँसी-मज़ाक चलता रहता।

"तेल के लिए करीमुद्दीन से क्यों नहीं कहा?"

"कितनी बार कहा मैडम, लेकिन उसे याद रहे तब तो!"

कमरे में हँसी की फुहार एक कोने से दूसरे कोने तक फैल गई। लतिका के कमरे में आने से अनुशासन की जो घुटन घिर आई थी, वह अचानक बह गई। करीमुद्दीन होस्टल का नौकर था; उसके आलस और काम में टालमटोल करने के किस्से होस्टल की लड़कियों में पीढ़ी-दर-पीढ़ी चले आते थे।

लतिका को हठात् कुछ स्मरण हो आया। अँधेरे में लैंप घुमाते हुए उसने चारों ओर निगाहें दौड़ाईं। कमरे में चारों ओर घेरा डालकर वे बैठी थीं—पास-पास, एक-दूसरे से सटकर। सबके चेहरे परिचित थे किन्तु लैंप के पीले मद्धिम प्रकाश में मानो कुछ बदल गया था, जैसे वह उन्हें पहली बार देख रही थी।

''जूली, अब तक तुम इस ब्लॉक में क्या रह रही हो?'' जूली खिड़की के पास पलंग के सिरहाने पर बैठी थी। उसने चुपचाप आँखें नीची कर लीं। लैंप का प्रकाश चारों ओर से सिमटकर अब केवल उसके चेहरे पर गिर रहा था।

''नाइट-रजिस्टर पर दस्तख़त कर दिए?''

''हाँ, मैडम!''

''फिर...?'' लतिका का स्वर कड़ा हो आया। जूली सकुचाकर खिड़की के बाहर देखने लगी।

जब से लतिका इस स्कूल में आई है, उसने अनुभव किया है कि होस्टल के इस नियम का पालन डाँट-फटकार के बावजूद भी नहीं किया जाता।

''मैडम, कल से छुट्टियाँ शुरू हो जाएँगी, इसलिए आज रात हम सबने मिलकर...'' और सुधा पूरी बात न कहकर हेमन्ती की ओर देखते हुए मुस्कराने लगी।

''हेमन्ती के गाने का प्रोग्राम है, आप भी कुछ देर बैठिए न, मैडम!''

लतिका खिसियानी-सी हो आई। इस समय यहाँ आकर उसने इनके मज़े को किरकिरा कर दिया है।

इस छोटे-से हिल-स्टेशन पर रहते आज उसे अरसा हो गया, लेकिन कब समय पतझड़ और गरमियों का घेरा पार करके सर्दियों की छुट्टियों की गोद में सिमट जाता है, उसे कभी याद नहीं रहता।

चोरों की तरह चुपचाप वह देहरी से बाहर हो गई। उसके चेहरे का तनाव ढीला पड़ गया। वह मुस्कराने लगी।

''मेरे संग 'स्नो-फॉल' देखने कोई नहीं ठहरेगा?''

''मैडम, छुट्टियों में क्या आप घर नहीं जा रही हैं?'' सब लड़कियों की आँखें उस पर जम गईं।

''अभी कुछ पक्का नहीं है; आई लव द स्नो-फॉल!''

लतिका को लगा, यही बात उसने पिछले साल भी कही थी और शायद पिछले-से पिछले साल भी। उसे लगा मानो लड़कियाँ उसे संदेह की दृष्टि से देख रही हैं, जैसे उन्होंने उसकी बात पर विश्वास नहीं किया। उसका सिर चकराने

लगा, मानो बादलों का स्याह झुरमुट किसी अनजाने कोने से उठकर उसे अपने में समो लेगा। वह थोड़ा-सा हँसी, फिर धीरे से सिर को झटक दिया।

"जूली, तुमसे कुछ काम है, अपने ब्लॉक में जाने से पहले मुझसे मिल लेना। वेल, गुडनाइट!" लतिका ने अपने पीछे दरवाज़ा बंद कर दिया।

"गुडनाइट मैडम, गुडनाइट, गुडनाइट..."

गलियारे की सीढ़ियाँ न उतरकर लतिका रेलिंग के सहारे खड़ी हो गई। लैंप की बत्ती को नीचे घुमाकर कोने में रख दिया। बाहर धुंध की नीली तहें बहुत घनी हो चली थीं। लॉन पर लगे हुए चीड़ के पत्तों की सरसराहट हवा के झोंकों के संग कभी तेज़, कभी धीमी होकर भीतर बह आती थी। हवा में कुनकुनी सरदी का आभास पाकर लतिका के मस्तिष्क में कल से आरंभ होने वाली छुट्टियों का ध्यान भटक आया। उसने आँखें मूँद लीं। उसे लगा जैसे उसकी टाँगें बाँस की लकड़ियों की तरह उसके शरीर से बँधी हैं, जिनकी गाँठें धीरे-धीरे खुलती जा रही हैं। सिर की चकराहट अभी मिटी नहीं थी, मगर अब जैसे वह भीतर न होकर बाहर फैली धुंध का भाग बन गई थी।

सीढ़ियों पर बातचीत का स्वर सुनकर लतिका जैसे सोते से जगी। शॉल को कंधों पर समेटकर उसने लैंप उठा लिया। डॉक्टर मुकर्जी मि. ह्यूबर्ट के संग एक अँग्रेज़ी धुन गुनगुनाते हुए ऊपर आ रहे थे। सीढ़ियों पर अँधेरा था, और ह्यूबर्ट को बार-बार अपनी छड़ी से रास्ता टटोलना पड़ता था। लतिका ने दो-चार सीढ़ियाँ उतरकर, लैंप नीचे झुका दिया।

"गुड ईवनिंग, डॉक्टर! गुड ईवनिंग, मिस्टर ह्यूबर्ट!"

"थैंक्यू, मिस लतिका!" ह्यूबर्ट के स्वर में कृतज्ञता का भाव था। सीढ़ियाँ चढ़ने से उनकी साँस तेज़ हो गई थी और वह दीवार से सटे हुए हाँफ रहे थे। लैंप के प्रकाश में उनके चेहरे का पीलापन तांबे के रंग जैसा हो आया था।

"यहाँ अकेली क्या कर रही हो, मिस लतिका?" डॉक्टर ने होंठों के भीतर से सीटी बजाई।

"चेकिंग करके लौट रही थी। आज इस समय ऊपर कैसे आना हुआ, मिस्टर ह्यूबर्ट?"

ह्यूबर्ट ने मुस्कराकर अपनी छड़ी डॉक्टर के कंधों से छुआ दी, "इनसे पूछो, यही मुझे ज़बरदस्ती घसीट लाए हैं।"

"मिस लतिका, हम आपको निमंत्रण देने आ रहे थे। आज रात मेरे कमरे

में एक छोटा-सा 'कन्सर्ट' होगा, जिसमें मिस्टर ह्यूबर्ट शोपाँ और चेखोवस्की के कंपोज़ीशन बजाएँगे; फिर क्रीम-कॉफ़ी पी जाएगी। उसके बाद यदि समय रहा, तो पिछले साल हमने जो गुनाह किए हैं, उन्हें सब मिलकर 'कन्फैस' करेंगे।'' डॉक्टर मुकर्जी के चेहरे पर शरारतभरी मुस्कान खेल गई।

''डॉक्टर, मुझे माफ़ करें, मेरी तबीयत कुछ ठीक नहीं है।''

''चलिए, यह ठीक रहा; फिर तो आप वैसे भी मेरे पास आतीं।'' डॉक्टर ने धीरे से लतिका के कंधे को पकड़कर अपने कमरे की ओर मोड़ दिया।

डॉक्टर मुकर्जी का कमरा ब्लॉक के दूसरे सिरे पर टैरेस से जुड़ा हुआ था। वह आधे बर्मी थे, जिसके चिह्न उनकी तनिक दबी हुई नाक और छोटी-छोटी चंचल आँखों से लक्षित हो जाते थे। बर्मा पर जापानियों का आक्रमण होने पर वह यहाँ, इस छोटे-से पहाड़ी शहर में, आ बसे थे। प्राइवेट प्रैक्टिस के अलावा वह कॉन्वेंट स्कूल में हाइजीन-फिज़ियॉलोजी भी पढ़ाया करते थे, जिसके परिणामस्वरूप स्कूल के होस्टल में ही उन्हें एक कमरा मुफ्त रहने के लिए दे दिया गया था। कुछ लोगों का कहना है कि बर्मा से आते हुए रास्ते में उनकी पत्नी की मृत्यु हो गई थी, किन्तु इस संबंध में निश्चित रूप से कुछ नहीं कहा जा सकता, क्योंकि डॉक्टर स्वयं कभी अपनी पत्नी की चर्चा नहीं उठाते।

बातों के दौरान डॉक्टर अक्सर कहा करते, ''मरने से पहले मैं एक दफ़ा बर्मा ज़रूर जाऊँगा'' और तब एक क्षण के लिए उनकी आँखों में गीली-सी नमी छा जाती। लतिका चाहने पर भी उनसे कुछ नहीं पूछ पाती। उसे लगता डॉक्टर नहीं चाहते कि कोई उनके अतीत के संबंध में प्रश्न पूछे, उनसे सहानुभूति प्रकट करे। दूसरे ही क्षण अपनी गंभीरता को दूर ठेलते हुए वह हँस पड़ते—एक सूखी बुझी हुई हँसी...

''होम-सिकनैस ही एक ऐसी बीमारी है, जिसका इलाज करना किसी डॉक्टर के वश की बात नहीं।''

टैरेस पर मेज़-कुर्सियाँ बिछा दी गईं; भीतर कमरे में परकोलेटर में कॉफ़ी का पानी चढ़ा दिया गया।

''सुना है, अगले दो-तीन वर्षों में यहाँ पर बिजली का इंतज़ाम हो जाएगा,'' डॉक्टर ने स्पिरिट लैंप जलाते हुए कहा।

''यह बात तो पिछले दस सालों से सुनने में आ रही है। कहते हैं अँग्रेज़ों ने भी एक लंबी-चौड़ी स्कीम बनाई थी, पता नहीं उसका क्या हुआ?''—ह्यूबर्ट

ने कहा। वह आरामकुर्सी पर अधलेटा-सा बाहर लॉन की ओर देख रहा था।

लतिका कमरे में से दो मोमबत्तियाँ ले आई। मेज़ के दोनों सिरों पर टिकाकर उन्हें जला दिया गया। टैरेस का अँधेरा फीके पीले प्रकाश के दायरे के इर्द-गिर्द सिमटने लगा। एक घनी नीरवता चारों ओर घिरने लगी। हवा में चीड़ के वृक्षों की सायँ-सायँ दूर-दूर तक फैली पहाड़ियों, घाटियों में अजीब-सी सीटियों की गूँज छोड़ती जा रही थी।

"इस बार शायद बरफ़ जल्दी गिरेगी, अभी से हवा में एक सर्द खुश्की-सी महसूस होने लगी है।" डॉक्टर का सिगार अँधेरे में लाल बिंदी-सा चमक रहा था।

"पता नहीं, मिस वुड को स्पेशल सर्विस का गोरखधंधा क्यों पसंद आता है! छुट्टियों में घर जाने से पहले क्या यह ज़रूरी है कि लड़कियाँ फ़ादर एलमण्ड का 'सरमन' सुनें?"—ह्यूबर्ट ने कहा।

"पिछले पाँच साल से मैं भी सुनता आ रहा हूँ, फ़ादर एलमण्ड के सरमन में कहीं हेर-फेर नहीं होता।" डॉक्टर को फ़ादर एलमण्ड एक आँख नहीं सुहाते थे।

लतिका कुरसी पर आगे झुककर प्यालों में कॉफ़ी उँड़ेलने लगी। हर साल स्कूल बंद होने के दिन यही दो प्रोग्राम होते हैं—चैपल में स्पेशल सर्विस और उसके बाद दिन में पिकनिक। लतिका को याद आया पहला साल, जब वह डॉक्टर के संग पिकनिक के बाद क्लब गई थी। डॉक्टर बार में बैठे थे, बॉल-रूम कुमाऊँ रेजीमेंट के अफ़सरों से भरा हुआ था। कुछ देर तक बिलियर्ड का खेल देखने के बाद जब वह वापस बार की ओर आ रहे थे, तब उसने दायीं ओर क्लब की लाइब्रेरी में देखा...किन्तु उसी समय डॉक्टर मुकर्जी पीछे से आ गए थे, "मिस लतिका, यह मेजर गिरीश नेगी हैं।" बिलियर्ड-रूम से आते हुए हँसी-ठहाकों के नीचे वह नाम दब-सा गया था। वह किसी पुस्तक के बीच अँगुली रखकर लाइब्रेरी की खिड़की के बाहर देख रहा था। "हलो, डॉक्टर!" वह पीछे मुड़ा, तब उस क्षण...

उस क्षण न जाने क्यों, लतिका का हाथ काँप गया और कॉफ़ी की कुछ गरम बूँदें उसकी साड़ी पर छलक आईं। अँधेरे में किसी ने नहीं देखा कि लतिका के चेहरे पर एक उनींदा-सा रीतापन घिर आया है।

हवा के झोंके से मोमबत्तियों की लौ फड़कने लगी। छत से भी ऊँची काठगोदाम जानेवाली सड़क पर यू.पी. रोडवेज़ की आख़िरी बस डाक लेकर जा

रही थी। बस की हैडलाइट्स में आस-पास फैली हुई झाड़ियों की छायाएँ टैरेस की दीवार पर सरकती हुई गायब होने लगीं।

"मिस लतिका, आप इस साल भी छुट्टियों में यहीं रहेंगी?" डॉक्टर ने पूछा।

डॉक्टर का प्रश्न हवा में टँगा रहा। उसी क्षण पियानो पर शोपाँ का नॉक्टर्न ह्यूबर्ट की अँगुलियों के नीचे से फिसलता हुआ धीरे-धीरे टैरेस के अँधेरे में घुलने लगा, जैसे जल पर कोमल स्वप्निल उर्मियाँ भँवरों का झिलमिलाता जाल बुनती हुई फैलती जा रही हैं—दूर-दूर किनारों तक। लतिका को लगा, जैसे कहीं बहुत दूर बरफ़ की चोटियों से परिंदों के झुंड नीचे अनजान देशों की ओर उड़े जा रहे हैं। इन दिनों अक्सर उसने अपने कमरे की खिड़की से उन्हें देखा है—धागे में बँधे चमकीले लट्टुओं की तरह वे एक लंबी, टेढ़ी-मेढ़ी कतार में उड़े चले जाते हैं—पहाड़ों की सुनसान नीरवता से परे, उन विचित्र शहरों की ओर, जहाँ शायद वह कभी नहीं जाएगी।

लतिका आर्म-चेयर पर झुकती हुई ऊँघने लगी। डॉक्टर मुकर्जी का सिगार अँधेरे में चुपचाप जल रहा था। डॉक्टर को आश्चर्य हुआ कि लतिका न जाने क्या सोच रही है। लतिका सोच रही थी, क्या वह बूढ़ी होती जा रही है। उसके सामने स्कूल की प्रिंसिपल मिस वुड का चेहरा घूम गया—पोपला मुँह, आँखों के नीचे झूलती हुई मांस की थैलियाँ, ज़रा-ज़रा-सी बात पर चिढ़ जाना, कर्कश आवाज़ में चीख़ना—सब उसे 'ओल्डमेड' कहकर पुकारते हैं। कुछ वर्षों बाद वह भी हूबहू वैसी ही बन जाएगी—लतिका के समूचे शरीर में झुरझुरी-सी दौड़ गई, मानो अनजाने में उसने किसी गलीज़ वस्तु को छू लिया हो। उसे याद आया, कुछ महीने पहले अचानक उसे ह्यूबर्ट का प्रेम-पत्र मिला था...भावुक, याचना से भरा हुआ पत्र, जिसमें उसने न जाने क्या कुछ लिखा था, जो उसकी समझ में कभी नहीं आया। उसे ह्यूबर्ट की इस बचकाना हरक़त पर हँसी आई थी, किन्तु भीतर-ही-भीतर उसे प्रसन्नता भी हुई थी; उसकी उम्र अभी बीती नहीं है, अब भी वह दूसरों को अपनी ओर आकर्षित कर सकती है। ह्यूबर्ट का पत्र पढ़कर उसे क्रोध नहीं आया, आई थी केवल ममता। वह चाहती तो उसकी ग़लतफ़हमी को दूर करने में देर न लगाती, किन्तु कोई शक्ति उसे रोके रहती है, उसके कारण अपने पर विश्वास रहता है, अपने सुख का भ्रम मानो ह्यूबर्ट की ग़लतफ़हमी से जुड़ा है।

ह्यूबर्ट ही क्यों, वह क्या किसी को भी चाह सकेगी, उस अनुभूति के संग,

जो अब नहीं रही, जो छाया-सी उस पर मँडराती रहती है; न स्वयं मिटती है, न उसे मुक्ति दे पाती है। उसे लगा, जैसे बादलों का झुरमुट फिर उसके मस्तिष्क पर धीरे-धीरे छाने लगा है, उसकी टाँगें फिर निर्जीव, शिथिल-सी हो गई हैं।

वह झटके से उठ खड़ी हुई, "डॉक्टर, मुझे माफ़ करना, मुझे बहुत थकान-सी लग रही है..." बिना वाक्य पूरा किए हुए लतिका चली गई।

कुछ देर तक टैरेस पर निस्तब्धता छाई रही। मोमबत्तियाँ बुझने लगी थीं। डॉ. मुकर्जी ने सिगार का नया कश लिया, "सब लड़कियाँ एक-जैसी ही होती हैं—बेवकूफ़ और सेंटीमेंटल!"

ह्यूबर्ट की उंगलियों का दबाव पियानो पर ढीला पड़ता गया; अंतिम सुरों की झिझकी-सी गूँज कुछ क्षण तक हवा में तिरती रही।

"डॉक्टर, आपको कुछ मालूम है, मिस लतिका का व्यवहार पिछले कुछ अरसे से अजीब-सा लगता है!" ह्यूबर्ट के स्वर में लापरवाही का भाव था। वह भी नहीं चाहता था कि डॉक्टर को लतिका के प्रति उसकी भावनाओं का आभास-मात्र भी मिल सके। जिस कोमल अनुभूति को वह इतने समय से सँजोता आया है, डॉक्टर उसे हँसी के एक ही ठहाके में उपहासास्पद बना देगा।

"क्या तुम नियति में विश्वास करते हो, ह्यूबर्ट?" डॉक्टर ने कहा। ह्यूबर्ट दम रोके प्रतीक्षा करता रहा। वह जानता था कि कोई भी बात कहने से पहले डॉक्टर को फिलॉसोफाइज़ करने की आदत थी। डॉक्टर टैरेस के जंगले से सटकर खड़े हो गए। फीकी-सी चाँदनी में चीड़ के पेड़ों की छायाएँ लॉन पर गिर रही थीं। कभी-कभी कोई जुगनू अँधेरे में हरा प्रकाश छिड़कता हुआ हवा में ग़ायब हो जाता था।

"मैं कभी-कभी सोचता हूँ, इंसान ज़िंदा किसलिए रहता है! क्या उसे कोई और बेहतर काम करने को नहीं मिला? हज़ारों मील अपने मुल्क़ से दूर मैं यहाँ पड़ा हूँ; यहाँ कौन मुझे जानता है! यहीं शायद मर भी जाऊँ। ह्यूबर्ट, क्या तुमने कभी महसूस किया है कि एक अजनबी की हैसियत से परायी ज़मीन पर मर जाना काफ़ी खौफनाक बात है।"

ह्यूबर्ट विस्मित-सा डॉक्टर की ओर देखने लगा। उसने पहली बार डॉक्टर मुकर्जी के इस पहलू को देखा था। अपने संबंध में वह अक्सर चुप रहते थे।

"कोई पीछे नहीं है, यह बात मुझमें एक अजीब किस्म की बेफिक्री पैदा कर देती है। लेकिन कुछ लोगों की मौत अंत तक पहेली बनी रहती है; शायद

वे ज़िंदगी से बहुत उम्मीद लगाते थे। उसे ट्रैजिक भी नहीं कहा जा सकता, क्योंकि आख़िरी दम तक उन्हें मरने का अहसास नहीं होता।''

''डॉक्टर, आप किसका ज़िक्र कर रहे हैं?'' ह्यूबर्ट ने परेशान होकर पूछा।

डॉक्टर कुछ देर तक चुपचाप सिगार पीते रहे। फिर मुड़कर वह मोमबत्तियों की बुझती हुई लौ को देखने लगे।

''तुम्हें मालूम है, किसी समय लतिका बेनागा क्लब जाया करती थी? गिरीश नेगी से उसका परिचय वहीं हुआ था। कश्मीर जाने से एक रात पहले उसने मुझे सब कुछ बता दिया था। मैं अब तक लतिका से उस मुलाकात के बारे में कुछ नहीं कह सका हूँ। किन्तु उस रात कौन जानता था कि वह वापस नहीं लौटेगा। और अब...अब क्या फर्क पड़ता है। लैट द डैड डाई...''

डॉक्टर की सूखी सर्द हँसी में खोखली-सी शून्यता भरी थी।

''कौन गिरीश नेगी?''

''कुमाऊँ रेजीमेंट में कैप्टन था।''

''डॉक्टर, क्या लतिका...'' ह्यूबर्ट से आगे कुछ नहीं कहा गया। उसे याद आया वह पत्र, जो उसने लतिका को भेजा था—कितना अर्थहीन और उपहासास्पद, जैसे उसका एक-एक शब्द उसके दिल को कचोट रहा हो। उसने धीरे से पियानो पर सिर टिका लिया। लतिका ने उसे क्यों नहीं बताया? क्या वह इसके योग्य भी नहीं था?

''लतिका...वह तो बच्ची है, पागल! मरनेवाले के संग खुद थोड़े ही मरा जाता है!''

कुछ देर चुप रहकर डॉक्टर ने अपने प्रश्न को फिर दुहराया।

''लेकिन ह्यूबर्ट, क्या तुम नियति पर विश्वास करते हो?''

हवा के हल्के झोंके से मोमबत्तियाँ एक बार प्रज्वलित होकर बुझ गईं। टैरेस पर ह्यूबर्ट और डॉक्टर अँधेरे में एक-दूसरे का चेहरा नहीं देख पा रहे थे, फिर भी वे एक-दूसरे की ओर देख रहे थे। कॉन्वेंट स्कूल से कुछ दूर 'मैदानों' में बहते पहाड़ी नाले का स्वर आ रहा था। जब बहुत देर बाद कुमाऊँ रेजीमेंट सेंटर का बिगुल सुनाई दिया, तो ह्यूबर्ट हड़बड़ाकर खड़ा हो गया।

''अच्छा चलता हूँ डॉक्टर, गुडनाइट!''

''गुडनाइट ह्यूबर्ट, माफ़ करना, मैं सिगार खत्म करके उठूँगा।''

सुबह बदली छाई थी। लतिका के खिड़की खोलते ही धुंध का गुब्बारा-सा भीतर घुस आया, जैसे रात-भर दीवार के सहारे सरदी में ठिठुरता हुआ वह भीतर आने की प्रतीक्षा करता रहा हो। स्कूल से ऊपर चैपल जानेवाली सड़क बादलों में छिप गई थी, केवल चैपल का 'क्रॉस' धुंध के परदे पर एक-दूसरे को काटती हुई पेंसिल की रेखाओं-सा दिखाई दे जाता था।

लतिका ने खिड़की से आँखें हटाईं तो देखा कि करीमुद्दीन चाय की ट्रे लिए खड़ा है। करीमुद्दीन मिलिटरी में अर्दली रह चुका था, इसलिए ट्रे मेज़ पर रखकर 'अटेन्शन' की मुद्रा में खड़ा हो गया।

लतिका झटके से उठ बैठी। सुबह से आलस करके कितनी बार जागकर वह सो चुकी है। अपनी खिसियाहट मिटाने के लिए लतिका ने कहा, ''बड़ी सरदी है आज, बिस्तर छोड़ने को जी नहीं चाहता।''

''अजी मेम साहब, अभी क्या सरदी आई है, बड़े दिनों में देखना, कैसे दाँत कटकटाते हैं!'' और करीमुद्दीन अपने हाथों को बगलों में डाले हुए इस तरह सिकुड़ गया जैसे उन दिनों की कल्पना-मात्र से उसे जाड़ा लगना शुरू हो गया है। गंजे सिर पर दोनों तरफ के बाल खिजाब लगाने से कत्थई रंग के भूरे हो गए थे। बात चाहे किसी विषय पर हो रही हो, वह हमेशा खींच-तानकर उसे ऐसे क्षेत्र में घसीट लाता था, जहाँ वह बेझिझक अपने विचारों को प्रकट कर सके।

''एक दफ़ा तो यहाँ लगातार इतनी बरफ़ गिरी थी कि भुवाली से लेकर डाक बँगले तक सारी सड़कें जाम हो गईं। इतनी बरफ़ थी मेम साहब, कि पेड़ों की टहनियाँ तक सिकुड़कर तनों से लिपट गई थीं, बिलकुल ऐसे।'' और करीमुद्दीन नीचे झुककर मुर्गा-बन गया।

''कब की बात है?'' लतिका ने पूछा।

''अब यह तो जोड़-हिसाब करके ही पता चलेगा, मेम साहब, लेकिन इतना याद है कि उस वक्त अंग्रेज़ बहादुर यहीं थे। कंटोनमेंट की इमारत पर कौमी झंडा नहीं लगा था। बड़े जबर थे ये अंग्रेज़, दो घंटों में ही सारी सड़कें साफ़ करवा दीं। उन दिनों एक सीटी बजाते ही पचास घोड़ेवाले जमा हो जाते थे; अब तो सारे शैड खाली पड़े हैं। वे लोग अपनी ख़िदमत भी करवाना जानते थे; अब तो सब उजाड़ हो गया है।'' करीमुद्दीन उदास भाव से बाहर देखने लगा।

आज यह पहली बार नहीं है जब लतिका करीमुद्दीन से उन दिनों की बातें सुन रही है जब 'अंग्रेज़ बहादुर' ने इस स्थान को स्वर्ग बना रखा था।

"आप छुट्टियों में इस साल भी यहीं रहेंगी, मेम साहब?"

"दिखता तो कुछ ऐसा ही है, करीमुद्दीन, तुम्हें फिर तंग होना पड़ेगा।"

"क्या कहती हैं, मेम साहब! आपके रहने से हमारा भी मन लग जाता है, वरना छुट्टियों में तो यहाँ कुत्ते लोटते हैं।"

"तुम आज ज़रा मिस्त्री से कह देना कि इस कमरे की छत की मरम्मत कर जाए। पिछले साल बरफ़ का पानी दरारों से टपकता रहता था।" लतिका को याद आया कि पिछली सर्दियों में जब कभी बरफ़ गिरती थी तो उसे पानी से बचने के लिए रात-भर कमरे के कोने में सिमटकर सोना पड़ता था।

करीमुद्दीन चाय की ट्रे उठाता हुआ बोला, "ह्यूबर्ट साहब तो शायद कल ही चले जाएँ। कल रात उनकी तबीयत फिर ख़राब हो गई। आधी रात के वक्त मुझे जगाने आए थे। कहते थे छाती में तकलीफ़ है। उन्हें यह मौसम रास नहीं आता। कह रहे थे, लड़कियों की बस में वह भी कल ही चले जाएँगे।"

करीमुद्दीन दरवाज़ा बंद करके चला गया। लतिका की इच्छा हुई कि वह ह्यूबर्ट के कमरे में जाकर उसकी तबीयत की पूछताछ कर आए। किन्तु फिर न जाने क्यों स्लीपर पैरों में टँगे रहे और वह खिड़की के बाहर बादलों को उड़ता हुआ देखती रही। ह्यूबर्ट का चेहरा जब उसे देखकर सहमा-सा दयनीय हो जाता है, तब उसे लगता है कि वह अपनी मूक निरीह याचना में उसे कोस रहा है—न वह उसकी ग़लतफ़हमी को दूर करने का प्रयत्न कर पाती है, न उसे अपनी विवशता की सफ़ाई देने का साहस होता है। उसे लगता है कि इस जाल से बाहर निकलने के लिए वह धागे के जिस सिरे को पकड़ती है, वह खुद एक गाँठ बनकर रह जाता है...

बाहर बूँदाबाँदी होने लगी थी; कमरे की टीन की छत 'खट-खट' बोलने लगी। लतिका पलंग से उठ खड़ी हुई; बिस्तर को तहाकर बिछाया। फिर पैरों में स्लीपरों को घसीटते हुए वह बड़े आईने तक आई और उसके सामने स्टूल पर बैठकर बालों को खोलने लगी। किन्तु कुछ देर तक कंघी बालों में उलझी रही और वह गुमसुम-सी शीशे में अपना चेहरा ताकती रही। करीमुद्दीन को यह कहना याद ही नहीं रहा कि धीरे-धीरे आग जलाने की लकड़ियाँ जमा कर ले। इन दिनों सस्ते दामों पर सूखी लकड़ियाँ मिल जाती हैं। पिछले साल तो कमरा धुएँ से भर जाता था जिसके कारण कँपकँपाते जाड़े में भी उसे खिड़की खोलकर ही सोना पड़ता था।

आईने में लतिका ने अपना चेहरा देखा, वह मुस्करा रही थी। पिछले साल

अपने कमरे की सीलन और ठंड से बचने के लिए कभी-कभी वह मिस वुड के खाली कमरे में चोरी-चुपके सोने चली जाया करती थी। मिस वुड का कमरा बिना आग की तपन के भी गरम रहता था; उसके गदीले सोफ़े पर लेटते ही आँख लग जाती थी। कमरा छुट्टियों में खाली पड़ा रहता है, किन्तु मिस वुड से इतना नहीं होता कि दो महीनों के लिए उसके हवाले ही कर जाए। हर साल कमरे में ताला ठोंक जाती है। वह तो पिछले साल गुसलखाने में भीतर की साँकल देना भूल गई थी, जिसे लतिका चोर-दरवाज़े के रूप में इस्तेमाल करती रही थी।

पहले साल अकेले में उसे बड़ा डर-सा लगता था। छुट्टियों में सारे स्कूल और होस्टल के कमरे सायँ-सायँ करने लगते हैं। डर के मारे उसे जब कभी नींद नहीं आती थी, तब वह करीमुद्दीन को देर रात तक बातों में उलझाये रखती। बातों में जब खोयी-सी वह सो जाती, तब करीमुद्दीन चुपचाप लैंप बुझाकर चला जाता। कभी-कभी बीमारी का बहाना करके वह डॉक्टर को बुलवा भेजती थी और बाद में बहुत ज़िद करके दूसरे कमरे में उनका बिस्तर लगवा देती।

लतिका ने कंधे से बालों का गुच्छा निकाला और उसे बाहर फेंकने के लिए वह खिड़की के पास आ खड़ी हुई। बाहर छत की ढलान से बारिश के जल की मोटी-सी धार बराबर लॉन पर गिर रही थी। मेघाच्छन्न आकाश में सरकते हुए बादलों के पीछे पहाड़ियों के झुंड कभी उभर आते थे, कभी छिप जाते थे, मानो चलती हुई ट्रेन से कोई उन्हें देख रहा हो। लतिका ने खिड़की से सिर बाहर निकाल लिया। हवा के झोंके से उसकी आँखें झिप गईं। उसे जितने काम याद आते हैं, उतना ही आलस घना होता जाता है। बस की सीटें रिज़र्व करवाने के लिए चपरासी को रुपए देने हैं। जो सामान होस्टल की लड़कियाँ पीछे छोड़े जा रही हैं, उसे गोदाम में रखवाना होगा। कभी-कभी तो छोटी क्लास की लड़कियों को पैकिंग करवाने के काम में भी उसे हाथ बँटाना पड़ता था।

वह इन कामों से ऊबती नहीं। धीरे-धीरे सब निपटते जाते हैं, कोई ग़लती इधर-उधर रह जाती है, सो बाद में सुधर जाती है। हर काम में किच-किच रहती है, परेशानी और दिक्कत महसूस होती है, किन्तु देर-सवेर इससे छुटकारा मिल ही जाता है। किन्तु जब लड़कियों की आखिरी बस चली जाती है, तब मन उचाट-सा हो जाता है; खाली कॉरीडोर में घूमती हुई वह कभी इस कमरे में जाती है, कभी उसमें। वह नहीं जान पाती कि अपने से क्या करे। दिल कहीं भी टिक नहीं पाता, हमेशा भटका-भटका-सा रहता है।

इस सबके बावजूद जब कोई सहज भाव से उससे पूछ बैठता है, "मिस लतिका, छुट्टियों में आप घर नहीं जा रहीं?" तब...वह क्या कहे?

डिंग-डांग-डिंग...स्पेशल सर्विस के लिए स्कूल चैपल के घंटे बजने लगे थे। लतिका ने अपना सिर खिड़की के भीतर कर लिया। उसने झटपट साड़ी उतारी, और पेटीकोट में ही कंधे पर तौलिया डाले गुसलखाने में घुस गई।

लेफ्ट—राइट—लेफ्ट...लेफ्ट...

कंटोनमेंट जानेवाली पक्की सड़क पर चार-चार की पंक्ति में कुमाऊँ रेजीमेंट के सिपाहियों की एक टुकड़ी मार्च कर रही थी। फौजी बूटों की भारी खुरदरी आवाज़ें स्कूल चैपल की दीवारों से टकराकर भीतर 'प्रेयर-हॉल' में गूँज रही थीं।

"ब्लेसेड आर द मीक..." फ़ादर एलमण्ड एक-एक शब्द चबाते हुए खँखारते स्वर में 'सरमन ऑन द माउंट' पढ़ रहे थे। ईसा मसीह की मूर्ति के नीचे 'कैंडलब्रियम' के दोनों ओर मोमबत्तियाँ जल रही थीं, जिनका प्रकाश आगे बेंचों पर बैठी हुई लड़कियों पर पड़ रहा था। पिछली लाइनों के बेंच अँधेरे में डूबे हुए थे, जहाँ लड़कियाँ प्रार्थना की मुद्रा में बैठी हुई सिर झुकाए एक-दूसरे से खुसुर-पुसुर कर रही थीं। मिस वुड स्कूल सीज़न के सफलतापूर्वक समाप्त हो जाने पर विद्यार्थियों और स्टाफ़ सदस्यों को बधाई का भाषण दे चुकी थीं—और अब फ़ादर के पीछे बैठी हुई अपने में ही कुछ बुड़बुड़ा रही थीं, मानो धीरे-धीरे फ़ादर को 'प्रॉम्प्ट' कर रही हों।

"आमीन!" फ़ादर एलमण्ड ने बाइबिल मेज़ पर रख दी और 'प्रेयर-बुक' उठा ली। हॉल की खामोशी क्षणभर के लिए टूट गई। लड़कियों ने खड़े होते हुए जान-बूझकर बेंचों को पीछे धकेला; बेंच फर्श पर रगड़ खाकर सीटी बजाते हुए पीछे खिसक गए। हॉल के कोने से हँसी फूट पड़ी। मिस वुड का चेहरा तन गया, माथे पर भृकुटियाँ चढ़ गईं। फिर अचानक निस्तब्धता छा गई; हॉल के उस घुटे हुए धुँधलके में फ़ादर का तीख़ा फटा हुआ स्वर सुनाई देने लगा, "जीसस सेड, आई एम द लाइट ऑफ़ द वर्ल्ड। ही दैट फॉलोअथ मी शैल नॉट वॉक इन डार्कनेस, बट शैल हैव द लाइट ऑफ लाइफ़..."

डॉक्टर मुकर्जी ने ऊब और उकताहट से भरी जम्हाई ली। "कब यह क़िस्सा ख़त्म होगा?" उन्होंने इतने ऊँचे स्वर में लतिका से पूछा कि वह सकुचाकर दूसरी ओर देखने लगी। स्पेशल सर्विस के समय डॉक्टर मुकर्जी के होठों पर व्यंग्यात्मक

मुस्कान खेलती रहती थी और वह धीरे-धीरे अपनी मूँछों को खींचते रहते थे।

फ़ादर एलमण्ड की वेशभूषा देखकर लतिका के दिल में गुदगुदी-सी दौड़ गई। जब वह छोटी थी तो अक्सर यह बात सोचकर विस्मित हुआ करती थी कि क्या पादरी लोग सफ़ेद चोगे के नीचे कुछ नहीं पहनते; अगर धोखे से वह ऊपर उठ जाए तो?

लेफ़्ट...लेफ़्ट...लेफ़्ट, मार्च करते हुए फ़ौजी बूट चैपल से दूर होते जा रहे थे, केवल उनकी गूँज हवा में शेष रह गई थी।

''हिम नंबर 117,'' फ़ादर ने प्रार्थना-पुस्तक खोलते हुए कहा। हॉल में प्रत्येक लड़की ने डेस्क पर रखी हुई हिम-बुक खोल ली। पन्नों के उलटने की खड़खड़ाहट फिसलती हुई एक सिरे से दूसरे सिरे तक फैल गई।

आगे के बेंच से उठकर ह्यूबर्ट पियानो के सामने स्टूल पर बैठ गया। संगीत-शिक्षक होने के कारण हर साल स्पेशल-सर्विस के अवसर पर उसे 'कॉयर' के संग पियानो बजाना पड़ता था। ह्यूबर्ट ने अपने रूमाल से नाक साफ़ की। अपनी घबराहट छिपाने के लिए ह्यूबर्ट हमेशा ऐसे ही किया करता था। कनखियों से हॉल की ओर देखते हुए उसने अपने काँपते हाथों से हिम-बुक खोली।

लीड काइंडली लाइट...

पियानो के सुर दबे, झिझकते-से मिलने लगे। घने बालों से ढकी ह्यूबर्ट की लंबी, पीली उंगलियाँ खुलने-सिमटने लगीं। 'कॉयर' में गानेवाली लड़कियों के स्वर एक-दूसरे से गुँथकर कोमल, स्निग्ध लहरों में बिंध गए।

लतिका को लगा, उसका जूड़ा ढीला पड़ गया है, मानो गरदन के नीचे झूल रहा है। मिस वुड की आँख बचाकर लतिका ने चुपचाप बालों में लगे क्लिपों को कसकर खींच दिया।

''बड़ा झक्की आदमी है, सुबह मैंने ह्यूबर्ट को यहाँ आने से मना किया था, फिर भी चला आया!'' डॉक्टर ने कहा।

लतिका को करीमुद्दीन की बात याद हो आई। 'रात-भर ह्यूबर्ट को खाँसी का दौरा पड़ा था। कल जाने के लिए कह रहे थे'...लतिका ने सिर टेढ़ा करके ह्यूबर्ट के चेहरे की एक झलक पाने की विफल चेष्टा की। इतनी पीछे से कुछ भी देख पाना असंभव था; पियानो पर झुके हुए ह्यूबर्ट का केवल सिर दिखाई देता था।

लीड काइंडली लाइट...संगीत के सुर मानो एक ऊँची पहाड़ी पर चढ़कर हाँफती हुई साँसों को आकाश की अबाध शून्यता में बिखेरते हुए नीचे उतर रहे

हैं। बारिश की मुलायम धूप चैपल के लंबे चौकोर शीशों पर झिलमिला रही है, जिसकी एक महीन चमकीली रेखा ईसा मसीह की प्रतिमा पर तिरछी होकर गिर रही है। मोमबत्तियों का धुआँ धूप में नीली-सी लकीर खींचता हुआ हवा में तिरने लगा है। पियानो के क्षणिक 'पॉज़' में लतिका को पत्तों का परिचित मर्मर कहीं दूर अनजानी दिशा से आता हुआ सुनाई दे जाता है। एक क्षण के लिए उसे भ्रम हुआ कि चैपल का फीका-सा अँधेरा उस छोटे से 'प्रेयर-हॉल' के चारों कोनों से सिमटता हुआ उसके आस-पास घिर आया है, मानो कोई उसकी आँखों पर पट्टी बाँधकर यहाँ तक ले आया हो और अचानक उसकी आँखें खोल दी हों। उसे लगा जैसे मोमबत्तियों के धूमिल आलोक में कुछ भी ठोस, वास्तविक न रहा हो; चैपल की छत, दीवारें, डेस्क पर रखा हुआ डॉक्टर का सुघड़, सुडौल हाथ– और पियानो के सुर अतीत की धुंध को भेदते हुए स्वयं उस धुंध का भाग बनते जा रहे हैं...

एक पगली-सी स्मृति, एक उद्भ्रांत भावना चैपल के शीशों के परे पहाड़ी सूखी हवा, हवा में झुकी हुई वीपिंग विलोज़ की काँपती टहनियाँ, पैरों-तले चीड़ के पत्तों की धीमी-सी चिर-परिचित खड़-खड़...वहीं पर गिरीश एक हाथ में मिलिटरी का खाकी हैट लिये खड़ा है–चौड़े, उठे हुए, सबल कंधे, अपना सिर वहाँ टिका दो तो जैसे सिमटकर खो जाएगा...चार्ल्स बोअर, यह नाम उसने रखा था। वह झेंपकर हँसने लगता।

''तुम्हें आर्मी में किसने चुन लिया, मेजर बन गए हो, लेकिन लड़कियों से भी गए-बीते हो; ज़रा-ज़रा-सी बात पर चेहरा लाल हो जाता है।'' यह सब वह कहती नहीं, सिर्फ़ सोचती-भर थी। सोचा था, कभी कहूँगी; वह 'कभी' कभी नहीं आया।

बुरुस का लाल फूल
लाए हो?
न।
झूठे!

ख़ाकी कमीज़ की जिस जेब पर बैज चिपके थे, उसी में से मुसा हुआ बुरुस का फूल निकल आया।

छिः, सारा मुरझा गया।
अभी खिला कहाँ है?
हाऊ क्लम्ज़ी?

उसके बालों में गिरीश का हाथ उलझ रहा है। फूल कहीं टिक नहीं पाता। फिर उसे क्लिप के नीचे फँसाकर उसने कहा, "देखो।"

वह मुड़ी, इससे पहले कि वह कुछ कह पाती गिरीश ने अपना मिलिटरी का हैट धप्प से उसके सिर पर रख दिया। वह मंत्रमुग्ध-सी वैसे ही खड़ी रही। उसके सिर पर गिरीश का हैट है, माथे पर छोटी-सी बिंदी है। बिंदी पर उड़ते हुए बाल हैं। गिरीश ने उस बिंदी को अपने होठों से छुआ है; उसने उसके नंगे सिर को अपने दोनों हाथों में समेट लिया है।

"लतिका!"

गिरीश ने चिढ़ाते हुए कहा, "मैन-ईटर ऑफ़ कुमाऊं!"...उसका यह नाम गिरीश ने उसे चिढ़ाने के लिए रखा था।

वह हँसने लगी।

"लतिका, सुनो," गिरीश का स्वर कैसा हो गया था।

"ना! मैं कुछ भी नहीं सुन रही।"

"लतिका, मैं कुछ महीनों में वापस लौट आऊँगा।"

"ना! मैं कुछ भी नहीं सुन रही।" किन्तु वह सुन रही है—वह नहीं जो गिरीश कह रहा है, किन्तु वह जो नहीं कहा जा रहा, जो उसके बाद कभी नहीं कहा गया।...

लीड काइंडली लाइट...

लड़कियों का स्वर पियानो के सुरों में डूबा हुआ गिर रहा है, उठ रहा है।... ह्यूबर्ट ने सिर मोड़कर लतिका को निमिष-भर देखा—आँखें मूँदे ध्यान-मग्न प्रस्तर मूर्ति-सी वह स्थिर-निश्चय खड़ी थी। क्या यह भाव उसके लिए है? क्या लतिका ने ऐसे क्षणों में उसे अपना साथी बनाया है? ह्यूबर्ट ने एक गहरी साँस ली और उस साँस में ढेर-सी थकान उमड़ आई।

"देखो, मिस वुड कुरसी पर बैठी-बैठी सो रही है," डॉक्टर होंठों में ही फुसफुसाया। यह डॉक्टर का पुराना मज़ाक़ था कि मिस वुड प्रार्थना करने के बहाने आँखें मूँदे हुए नींद की झपकियाँ लिया करती हैं।

फादर एलमण्ड ने कुरसी पर फैले अपने गाउन को समेट लिया और प्रेयर-बुक बंद करके मिस वुड के कानों में कुछ कहा। पियानो का स्वर क्रमशः मंद पड़ने लगा, ह्यूबर्ट की उंगलियाँ ढीली पड़ने लगीं। सर्विस समाप्त होने से पूर्व मिस वुड ने आर्डर पढ़कर सुनाया। बारिश होने की आशंका से आज के कार्यक्रम में कुछ

आवश्यक परिवर्तन करने पड़े थे। पिकनिक के लिए झूलादेवी के मंदिर जाना संभव नहीं हो सकेगा, इसलिए स्कूल से कुछ दूर 'मीडोज़' में ही सब लड़कियाँ नाश्ते के बाद जमा होंगी। सब लड़कियों को दोपहर का 'लंच' होस्टल, किचन से ही ले जाना होगा, केवल शाम की चाय 'मीडोज़' में बनेगी।

पहाड़ों की बारिश का क्या भरोसा! कुछ देर पहले धुआँधार बादल गरज रहे थे, सारा शहर पानी में भीगा ठिठुर रहा था; अब धूप में नहाता नीला आकाश धुंध की ओट से बाहर निकलता हुआ फैल रहा था। लतिका ने चैपल से बाहर आते हुए देखा कि वीपिंग विलोज़ की भीगी शाखाओं से धूप में चमकती हुई बारिश की बूँदें टपक रही थीं।

लड़कियाँ चैपल से बाहर निकलकर छोटे-छोटे गुट बनाकर कॉरीडोर में जमा हो गई हैं। नाश्ते के लिए अभी पौना घंटा बाकी था और उनमें से अभी कोई भी लड़की होस्टल जाने के लिए इच्छुक नहीं थी। छुट्टियाँ अभी शुरू नहीं हुई थीं, किन्तु शायद इसीलिए वे इन चंद बचे-खुचे क्षणों में अनुशासन के घेरे के भीतर भी मुक्त होने का भरपूर आनंद उठा लेना चाहती थीं।

मिस वुड को लड़कियों का यह गुल-गपाड़ा अखरा, किन्तु फ़ादर एलमण्ड के सामने वह उन्हें डाँट-फटकार नहीं सकीं। अपनी झल्लाहट दबाकर वह मुस्कराते हुए बोली, "कल सब चली जाएँगी, सारा स्कूल वीरान हो जाएगा।"

फ़ादर एलमण्ड का लंबा ओजपूर्ण चेहरा चैपल की घुटी हुई गरमायी से लाल हो उठा था। कॉरीडोर के जंगले पर अपनी छड़ी लटकाकर वह बोले, "छुट्टियों में पीछे होस्टल में कौन रहेगा?"

"पिछले दो-तीन साल से मिस लतिका ही रहती हैं।"

"और डॉक्टर मुकर्जी?" फ़ादर का ऊपरी होंठ तनिक खिंच आया।

"डॉक्टर तो सरदी-गरमी यहीं रहते हैं," मिस वुड ने विस्मय से फ़ादर की ओर देखा। वह समझ नहीं सकीं कि फ़ादर ने डॉक्टर का प्रसंग क्यों छेड़ दिया है।

"डॉक्टर मुकर्जी छुट्टियों में कहीं नहीं जाते?"

"दो महीनों की छुट्टियों में बर्मा जाना काफ़ी मुश्किल है, फ़ादर," मिस वुड हँसने लगीं।

किन्तु फादर एलमण्ड ने मिस वुड की हँसी में योग नहीं दिया। उनके चेहरे पर तनाव की रेखाएँ खिंची रहीं।

"मिस वुड, पता नहीं आप क्या सोचती हैं, मुझे तो मिस लतिका का होस्टल में अकेले रहना कुछ समझ में नहीं आता।"

"लेकिन फादर," मिस वुड ने कहा, "यह तो कॉन्वेंट स्कूल का नियम है कि कोई भी टीचर छुट्टियों में अपने खर्चे पर होस्टल में रह सकती है।"

"मैं फ़िलहाल स्कूल के नियमों की बात नहीं कर रहा। मिस लतिका डॉक्टर के संग यहाँ अकेली ही रह जाएगी; और सच पूछिए मिस वुड, डॉक्टर के बारे में मेरी राय कुछ बहुत अच्छी नहीं है।"

"फ़ादर, आप कैसी बात कर रहे हैं! मिस लतिका बच्ची थोड़े ही है!" मिस वुड को ऐसी आशा नहीं थी कि फ़ादर एलमण्ड अपने दिल में ऐसी दक़ियानूसी भावना को स्थान देंगे।

फ़ादर एलमण्ड कुछ हतप्रभ-से हो गए; बात पलटते हुए बोले, "मिस वुड, मेरा मतलब यह नहीं था। आप तो जानती हैं मिस लतिका और उस मिलिटरी अफसर को लेकर एक अच्छा-खासा स्कैंडल बन गया था। स्कूल की बदनामी होने में क्या देर लगती है!"

"वह बेचारा तो अब नहीं रहा। मैं उसे जानती थी फ़ादर, ईश्वर उसकी आत्मा को शान्ति दे।"

मिस वुड ने धीरे से अपनी दोनों बाँहों से 'क्रॉस' किया।

फ़ादर एलमण्ड को मिस वुड की मूर्खता पर इतना अधिक क्षोभ हुआ कि उनसे आगे और कुछ नहीं बोला गया। डॉक्टर मुकर्जी से उनकी कभी नहीं पटती थी, इसीलिए मिस वुड की आँखों में वह डॉक्टर को नीचा दिखाना चाहते थे। किन्तु मिस वुड लतिका का रोना ले बैठीं। आगे बात बढ़ाना व्यर्थ था। उन्होंने छड़ी को जंगले से उठाया और ऊपर साफ़ धुले आकाश को देखते हुए बोले, "प्रोग्राम आपने यों ही बदला, मिस वुड, अब क्या बारिश होगी!"

ह्यूबर्ट जब चैपल से बाहर निकला तो उसकी आँखें चकाचौंध-सी हो गईं। उसे लगा जैसे किसी ने अचानक ढेर-सी चमकीली उबलती हुई रोशनी मुट्ठी में भरकर उसकी आँखों में झोंक दी हो। पियानो के संगीत के सुर रुई के छुईमई रेशों की भांति अब तक उसके मस्तिष्क की थकी-माँदी नसों पर फड़फड़ा रहे थे। वह काफ़ी थक गया था। पियानो बजाने से उसके फेफड़ों पर हमेशा भारी दबाव पड़ता था; दिल की धड़कन तेज़ हो जाती थी। उसे लगता था कि संगीत के एक नोट को दूसरे नोट में उतारने के प्रयत्न में वह एक अँधेरी खाई पार कर रहा है।

आज चैपल में मैंने जो महसूस किया, वह कितना रहस्यमय, कितना विचित्र था, ह्यूबर्ट ने सोचा। मुझे लगा, पियानो का हर नोट चिरंतन खामोशी की अँधेरी खोह से निकलकर बाहर फैली नीली धुंध को काटता, तराशता हुआ एक भूला-सा अर्थ खींच लाता है। गिरता हुआ हर 'पॉज़' एक छोटी-सी मौत है, मानो घने छायादार वृक्षों की काँपती छायाओं में कोई पगडंडी गुम हो गई हो—एक छोटी-सी मौत जो आनेवाले सुरों को अपनी बची-खुची गूँजों की साँसें समर्पित कर जाती है; जो मर जाती है, किन्तु मिट नहीं पाती; मिटती नहीं, इसलिए मरकर भी जीवित है, दूसरे सुरों में लय हो जाती है।

"डॉक्टर क्या, मृत्यु ऐसे ही आती है?" अगर मैं डॉक्टर से पूछूँ तो वह हँसकर टाल देंगे। मुझे लगता है, वह पिछले कुछ दिनों से कोई बात छिपा रहे हैं। उनकी हँसी में जो सहानुभूति का भाव होता है, वह मुझे अच्छा नहीं लगता। आज उन्होंने मुझे स्पेशल सर्विस में आने से रोका था। कारण पूछने पर वह चुप रहे थे। कौन-सी ऐसी बात है, जिसे मुझे कहने में डॉक्टर कतराते हैं? शायद मैं शक्की मिज़ाज होता जा रहा हूँ, और बात कुछ भी नहीं है।

ह्यूबर्ट ने देखा, लड़कियों की कतार स्कूल के होस्टल जानेवाली सड़क पर नीचे उतरती जा रही है; उजली धूप में उनके रंग-बिरंगे रिबन, हल्के आसमानी रंग के फ्रॉक और सफ़ेद पेटियाँ चमक रही हैं। सीनियर कैंब्रिज की कुछ लड़कियों ने चैपल की वाटिका से गुलाब के फूल तोड़कर अपने बालों में लगा लिए हैं। कंटोनमेंट के तीन-चार सिपाही लड़कियों को देखते हुए अश्लील मज़ाक करते हुए हँस रहे हैं और कभी-कभी किसी लड़की की ओर ज़रा-सा झुककर सीटी बजाने लगते हैं।

"हलो, मिस्टर ह्यूबर्ट!" ह्यूबर्ट ने चौंककर पीछे देखा। लतिका एक मोटा-सा रजिस्टर बगल में दबाए खड़ी थी।

"आप अभी यहीं हैं?" ह्यूबर्ट की दृष्टि लतिका पर टिकी रही। वह क्रीम रंग की पूरी बाँहों की ऊनी जैकेट पहने हुए थी। कुमाऊँनी लड़कियों की तरह लतिका का चेहरा गोल था। धूप की तपन से पका गेहुआँ रंग कहीं-कहीं हल्का-सा गुलाबी हो आया था, मानो बहुत धोने पर भी गुलाल के कुछ धब्बे इधर-उधर बिखरे रह गए हों।

"उन लड़कियों के नाम नोट करने थे, जो कल जा रही हैं...सो पीछे रुकना पड़ा। आप भी तो कल जा रहे हैं, मिस्टर ह्यूबर्ट!"

"अभी तक तो यही इरादा है। यहाँ रुककर भी क्या करूँगा। आप स्कूल की ओर जा रही हैं?"

"चलिए।"

पक्की सड़क पर लड़कियों की भीड़ जमा थी, इसलिए वे दोनों पोलो-ग्राउंड का चक्कर काटते हुए पगडंडी से नीचे उतरने लगे।

हवा तेज़ हो चली थी; चीड़ के पत्ते हर झोंके के संग टूट-टूटकर पगडंडी पर ढेर लगाते जाते थे। ह्यूबर्ट रास्ता बनाने के लिए अपनी छड़ी से उन्हें बुहारकर दोनों ओर बिखेर देता था। लतिका पीछे खड़ी हुई देखती रहती थी, अल्मोड़ा की ओर से आते हुए छोटे-छोटे बादल रेशमी रूमालों से उड़ते हुए सूरज के मुँह पर लिपटे-से जाते थे; फिर हवा में आगे बह निकलते थे। इस खेल में धूप कभी मंद, फीकी-सी पड़ जाती थी, कभी अपना उजला आँचल खोलकर समूचे पहाड़ी शहर को अपने में समेट लेती थी।

लतिका तनिक आगे निकल गई। ह्यूबर्ट की साँस चढ़ गई थी और वह धीरे-धीरे हाँफता हुआ पीछे आ रहा था। जब वे पोलो-ग्राउंड के पवेलियन को छोड़कर सिमिट्री के दाईं ओर मुड़े तो लतिका ह्यूबर्ट की प्रतीक्षा करने के लिए खड़ी हो गई। उसे याद आया, छुट्टियों के दिनों में जब कभी कमरे में अकेले बैठे-बैठे उसका मन ऊब जाता था, तो वह अक्सर टहलते हुए सिमिट्री तक चली जाती थी। उससे सटी पहाड़ी पर चढ़कर वह बरफ़ में ढँके देवदार वृक्षों को देखा करती थी, जिनकी झुकी हुई शाखाओं से रुई के गोलों सी बर्फ़ नीचे गिरा करती थी। नीचे बाज़ार जानेवाली सड़क पर बच्चे 'स्लेज़' पर फिसला करते थे। वह खड़ी-खड़ी बर्फ़ में छिपी हुई उस सड़क का अनुमान लगाया करती थी जो फ़ादर एलमण्ड के घर से गुज़रती हुई मिलिटरी अस्पताल और डाकघर से होकर चर्च की सीढ़ियों तक जाकर गुम हो जाती थी। जो मनोरंजन एक दुर्गम पहेली को सुलझाने में होता है, वही लतिका को बर्फ़ में खोए रास्तों को खोज निकालने में होता था।

"आप बहुत तेज़ चलती हैं, मिस लतिका!" थकान से ह्यूबर्ट का चेहरा कुम्हला गया था, माथे पर पसीने की बूँदें छलक आई थीं।

"कल रात आपकी तबीयत क्या कुछ खराब हो गई थी, मिस्टर ह्यूबर्ट?"

"आपने कैसे जाना? क्या मैं अस्वस्थ दीख रहा हूँ?" ह्यूबर्ट के स्वर में हल्की-सी खीज का आभास था। सब लोग मेरी सेहत को लेकर क्यों बात शुरू करते हैं, उसने सोचा।

"नहीं, मुझे तो पता भी नहीं चलता, वह तो सुबह करीमुद्दीन ने बातों-ही-बातों में ज़िक्र छेड़ दिया था।" लतिका कुछ अप्रतिभ-सी हो आई।

"कोई खास बात नहीं, वही पुराना दर्द शुरू हो गया था; अब बिल्कुल ठीक है।" अपने कथन की पुष्टि के लिए ह्यूबर्ट छाती सीधी करके तेज़ कदम बढ़ाने लगे।

"डॉक्टर मुकर्जी को दिखलाया था?"

"वह सुबह आए थे। उनकी बात कुछ समझ में नहीं आती। हमेशा दो बातें एक-दूसरे से उल्टी कहते हैं। कहते थे कि इस बार मुझे छह-सात महीनों की छुट्टी लेकर आराम करना चाहिए, लेकिन अगर मैं ठीक हूँ तो भला इसकी क्या ज़रूरत है?"

ह्यूबर्ट के स्वर में व्यथा की छाया लतिका से छिपी न रह सकी। बात को टालते हुए उसने कहा, "आप तो नाहक चिंता करते हैं, मिस्टर ह्यूबर्ट! आजकल मौसम बदल रहा है, अच्छे-भले आदमी बीमार हो जाते हैं।"

ह्यूबर्ट का चेहरा प्रसन्नता से दमकने लगा। उसने लतिका को ध्यान से देखा। वह अपने दिल का संशय मिटाने के लिए निश्चिंत हो जाना चाहता था कि कहीं लतिका उसे केवल दिलासा देने के लिए ही तो झूठ नहीं बोल रही।

"यही तो मैं सोच रहा था, मिस लतिका! डॉक्टर की सलाह सुनकर तो मैं डर गया। भला छह महीने की छुट्टी लेकर मैं अकेला क्या करूँगा! स्कूल में तो बच्चों के संग मन लगा रहता है। सच पूछो तो दिल्ली में ये दो महीनों की छुट्टियाँ भी काटनी दूभर हो जाती हैं।"

"मिस्टर ह्यूबर्ट, कल आप दिल्ली जा रहे हैं?"

लतिका चलते-चलते हठात्, ठिठक गई। सामने पोलोग्राउंड फैला था जिसके दूसरी ओर मिलिटरी के ट्रक कंटोनमेंट की ओर जा रहे थे। ह्यूबर्ट को लगा, जैसे लतिका की आँखें अधमुँदी-सी खुली रह गई हैं, मानो पलकों पर एक पुराना, भूला-सा सपना सरक आया हो।

"मिस्टर ह्यूबर्ट, आप दिल्ली जा रहे हैं?" इस बार लतिका ने प्रश्न नहीं दुहराया; उसके स्वर में केवल एक असीम दूरी का भाव घिर आया।...

"बहुत अरसा पहले मैं भी दिल्ली गई थी, मिस्टर ह्यूबर्ट! तब मैं बहुत छोटी थी, न जाने कितने बरस बीत गए। हमारी मौसी का ब्याह वहीं हुआ था। बहुत-सी चीज़ें देखी थीं, लेकिन अब तो सब धुँधला-सा पड़ गया है। इतना याद है कि

हम कुतुब पर चढ़े थे। सबसे ऊँची मंज़िल से नीचे झाँका था; न जाने कैसा-सा लगा था। नीचे चलते हुए आदमी चाबी भरे हुए खिलौने-से लगते थे। हमने ऊपर से उन पर मूँगफलियों के छिलके फेंके थे, लेकिन हम बहुत निराश हुए, क्योंकि उनमें से किसी ने हमारी तरफ नहीं देखा। शायद माँ ने मुझे डाँटा भी था, क्योंकि मैं सीढ़ियाँ उतरती हुई रो रही थी। शायद माँ ने मुझे डाँटा था और मैं सिर्फ़ नीचे झाँकते हुए डर गई थी। सुना है, अब तो दिल्ली इतनी बदल गई है कि पहचानी नहीं जाती...''

वे दोनों फिर चलने लगे। हवा का वेग ढीला पड़ने लगा था। उड़ते हुए बादल अब सुस्ताने-से लगे थे; उनकी छायाएँ नन्दादेवी और पंचचूली की पहाड़ियों पर गिर रही थीं। स्कूल के पास पहुँचते-पहुँचते चीड़ के पेड़ पीछे छूट गए , कहीं-कहीं खुबानी के पेड़ों के आस-पास बुरुस के लाल फूल धूप में चमक जाते थे। स्कूल तक आने में उन्होंने पोलोग्राउंड का लंबा चक्कर लगा लिया था।

''मिस लतिका, आप छुट्टियों में कहीं जातीं क्यों नहीं? सर्दियों में तो यहाँ सब कुछ वीरान हो जाता होगा।''

''अब मुझे यहाँ अच्छा लगता है,'' लतिका ने कहा, ''पहले साल अकेलापन कुछ अखरा था, अब आदी हो गई हूँ। क्रिसमस की एक रात पहले क्लब में डिनर होता है, लॉटरी डाली जाती है और रात को देर तक नाच-गाना होता रहता है। नए साल के दिन कुमाऊँ रेजीमेंट की ओर से परेड ग्राउंड में कार्नीवाल किया जाता है, बर्फ़ पर स्केटिंग होती है, रंग-बिरंगे गुब्बारों के नीचे मिलिटरी बैंड बजता है, फौजी अफसर फैंसी ड्रेस में भाग लेते हैं। हर साल ऐसा ही होता है, मिस्टर ह्यूबर्ट। फिर कुछ दिनों बाद विंटर-स्पोर्ट्स के लिए अंग्रेज़ टूरिस्ट आते हैं; हर साल मैं उनसे परिचित होती हूँ , वापस लौटते हुए वे हमेशा वायदा करते हैं कि वे अगले साल भी आएँगे। मैं जानती हूँ कि वे नहीं आएँगे, वे भी जानते हैं कि वे नहीं आएँगे, फिर भी हमारी दोस्ती में कोई अंतर नहीं पड़ता। फिर...फिर कुछ दिनों बाद पहाड़ों पर बर्फ़ पिघलने लगती है, छुट्टियाँ खत्म होने लगती हैं, आप सब लोग अपने-अपने घरों से वापस लौट आते हैं, और मिस्टर ह्यूबर्ट, पता भी नहीं चलता छुट्टियाँ कब शुरू हुई थीं, कब खत्म हो गईं।''

लतिका ने देखा कि ह्यूबर्ट उसकी ओर आतंकित-भयाकुल दृष्टि से देख रहा है। वह सिटपिटाकर चुप हो गई। उसे लगा, मानो वह इतनी देर से पागल-सी अनर्गल प्रलाप कर रही हो।

"मुझे माफ़ करना, मिस्टर ह्यूबर्ट, कभी-कभी मैं बच्चों की तरह बातों में बहक जाती हूँ।"

"मिस लतिका..." ह्यूबर्ट ने धीरे से कहा। वह चलते-चलते रुक गया था। लतिका ह्यूबर्ट का भारी कुंठित स्वर सुनकर चौंक-सी गई।

"क्या बात है, मिस्टर ह्यूबर्ट?"

"वह पत्र...उसके लिए मैं लज्जित हूँ। उसे आप वापस लौटा दें। समझ लें कि मैंने उसे कभी नहीं लिखा था।"

लतिका कुछ समझ नहीं सकी, दिग्भ्रांत-सी खड़ी हुई ह्यूबर्ट के पीले, उद्विग्न चेहरे को देखती रही।

ह्यूबर्ट ने धीरे से लतिका के कंधे पर हाथ रख दिया। "कल डॉक्टर ने मुझे सब-कुछ बता दिया। अगर मुझे पहले से मालूम होता तो...तो..." ह्यूबर्ट हकलाने लगा।

"मिस्टर ह्यूबर्ट..." किन्तु लतिका से आगे कुछ भी नहीं कहा गया। उसका चेहरा सफ़ेद हो गया था।

वे दोनों चुपचाप कुछ देर तक कॉन्वेंट स्कूल के गेट के बाहर खड़े रहे।

मीडोज़—पगडंडियों, पत्तों, छायाओं से घिरा छोटा-सा द्वीप, मानो कोई घोंसला दो हरी घाटियों के बीच आ दबा हो। भीतर घुसते ही पिकनिक के काले, आग से झुलसे हुए पत्थर, अधजली टहनियाँ, बैठने के लिए बिछाए गए पुराने अखबारों के टुकड़े इधर-उधर बिखरे हुए दिखाई दे जाते हैं। अक्सर टूरिस्ट पिकनिक के लिए यहाँ आते हैं। मीडोज़ को बीच में काटता हुआ टेढ़ा-मेढ़ा बरसाती नाला बहता है, जो दूर से धूप में चमकता हुआ सफ़ेद रिबन-सा दिखाई देता है।

यहाँ पर काठ के तख्तों का बना हुआ टूटा-सा पुल है, जिस पर लड़कियाँ हिचकोले खाती हुई चल रही हैं।

"डॉक्टर मुकर्जी, आप तो सारा जंगल जला देंगे," मिस वुड ने अपने ऊँची एड़ी के सैंडल से जलती हुई दियासलाई को दबा डाला, जो डॉक्टर ने सिगार सुलगाकर चीड़ के पत्तों के ढेर पर फेंक दी थी। वे नाले से कुछ दूर हटकर दो चीड़ के पेड़ों की गुँथी हुई छाया के नीचे बैठे थे। उनके सामने एक छोटा-सा रास्ता नीचे पहाड़ी गाँव की ओर जाता था, जहाँ पहाड़ की गोद में शकरपारों-से खेत एक-दूसरे के नीचे बिछे हुए थे। दोपहर के सन्नाटे में भेड़-बकरियों के गलों में बँधी हुई घंटियों का स्वर हवा में बहता हुआ सुनाई दे जाता था।

घास पर लेटे-लेटे डॉक्टर सिगार पीते रहे।

"जंगल की आग कभी देखी है, मिस वुड, एक अलमस्त नशे की तरह धीरे-धीरे फैलती जाती है!"

"आपने कभी देखी है, डॉक्टर?" मिस वुड ने पूछा, "मुझे तो बड़ा डर लगता है।"

"बहुत साल पहले शहरों को जलते हुए देखा था," डॉक्टर लेटे हुए आकाश की ओर ताक रहे थे, "एक-एक मकान ताश के पत्तों की तरह गिरता जाता है। दुर्भाग्यवश ऐसे अवसर देखने में बहुत कम आते हैं।"

"आपने कहाँ देखा, डॉक्टर?"

"लड़ाई के दिनों में अपने शहर रंगून को जलते हुए देखा था।" मिस वुड की आत्मा को ठेस लगी, किन्तु फिर भी उनकी उत्सुकता शांत नहीं हुई।

"आपका घर? क्या वह भी जल गया था?"

डॉक्टर कुछ देर तक चुपचाप लेटा रहा।

"हम उसे खाली छोड़कर चले आए थे, मालूम नहीं बाद में क्या हुआ।" अपने व्यक्तिगत जीवन के संबंध में कुछ भी कहने में डॉक्टर को कठिनाई महसूस होती है।

"डॉक्टर, क्या आप कभी वापस बर्मा जाने की बात नहीं सोचते?" डॉक्टर ने अँगड़ाई ली और करवट बदलकर औंधे मुँह लेट गए। उनकी आँखें मुंद गईं, और माथे पर बालों की लटें झूल आईं।

"सोचने से क्या होता है, मिस वुड, जब बर्मा में था तब क्या कभी सोचा था कि यहाँ आकर उम्र काटनी होगी!"

"लेकिन डॉक्टर, कुछ भी कह लो, अपने देश का सुख कहीं और नहीं मिलता। यहाँ आप चाहे कितने वर्ष रह लें, अपने को हमेशा अजनबी ही पाएँगे।"

डॉक्टर ने सिगार के धुएँ को धीरे-धीरे हवा में छोड़ दिया। "दरअसल अजनबी तो मैं वहाँ भी समझा जाऊँगा, मिस वुड। इतने वर्षों बाद वहाँ मुझे कौन पहचानेगा। इस उम्र में नए सिरे से रिश्ते जोड़ना काफ़ी सिरदर्दी का काम है; कम-से-कम मेरे वश की बात नहीं है!"

"लेकिन डॉक्टर, आप कब तक इस पहाड़ी कस्बे में पड़े रहेंगे? इसी देश में रहना है तो किसी बड़े शहर में अपनी प्रैक्टिस शुरू कीजिए।"

"प्रैक्टिस बढ़ाने के लिए कहाँ-कहाँ भटकता फिरूँगा, मिस वुड? जहाँ रहो वहीं मरीज़ मिल जाते हैं। यहाँ आया था कुछ दिनों के लिए, फिर मुद्दत हो

गई और टिका रहा। जब कभी जी ऊबेगा, कहीं चला जाऊँगा। जड़ें कहीं नहीं जमतीं, तो पीछे भी कुछ नहीं छूट जाता। मुझे अपने बारे में कोई ग़लतफहमी नहीं है मिस वुड, मैं सुखी हूँ..."

मिस वुड ने डॉक्टर की बात पर विशेष ध्यान नहीं दिया। दिल में वह हमेशा डॉक्टर को उच्छृंखल, लापरवाह और सनकी समझती रही है, किन्तु डॉक्टर के चरित्र में उसका विश्वास है, न जाने क्यों, हालाँकि डॉक्टर ने जाने-अनजाने में इसका कोई प्रमाण दिया हो, याद नहीं पड़ता।

मिस वुड ने एक ठंडी साँस भरी। वह हमेशा यह सोचती थी कि यदि डॉक्टर इतना आलसी और लापरवाह न होता तो अपनी योग्यता के बल पर काफी चमक सकता था। इसलिए उसे डॉक्टर पर क्रोध भी आता था और दुःख भी होता था।

मिस वुड ने अपने बैग से ऊन का गोला और सलाइयाँ निकालीं, फिर उनके नीचे से अख़बार में लिपटा हुआ चौड़ा टॉफी का डिब्बा उठाया, जिसमें अंडों की सैंडविच और हैम्बर्गर रखे हुए थे। थर्मस से प्यालों में कॉफी उँड़ेलते हुए मिस वुड ने कहा, "डॉक्टर, कॉफी ठंडी हो रही है।"

डॉक्टर लेटे-लेटे बुड़बुड़ाए। मिस वुड ने नीचे झुककर देखा, वह कुहनी पर सिर टिकाए चुपचाप सो रहे थे। ऊपर का होंठ ज़रा-सा फैलकर मुड़ गया था, मानो किसी से मज़ाक करने से पहले मुसकरा रहे हों।

उनकी उंगलियों में दबा हुआ सिगार नीचे झुका हुआ लटक रहा था।

"मेरी, मेरी, वाट डू यू वांट? वाट डू यू वांट?" दूसरे स्टैंडर्ड में पढ़नेवाली मेरी ने अपनी चंचल, चपल आँखें ऊपर उठाईं। लड़कियों का दायरा उसे घेरे हुए कभी पास आता था, कभी दूर खिंचता चला जाता था।

"आई वांट...आई वांट ब्लू," दोनों हाथों को हवा में घुमाते हुए मेरी चिल्लाई। दायरा पानी की तरह टूट गया, सब लड़कियाँ एक-दूसरे पर गिरती-पड़ती किसी नीली वस्तु को छूने के लिए भाग-दौड़ करने लगीं।

लंच समाप्त हो चुका था। लड़कियों के छोटे-छोटे दल मीडोज़ में बिखर गए थे। ऊँची क्लास की कुछ लड़कियाँ चाय का पानी गरम करने के लिए पेड़ों पर चढ़कर सूखी टहनियाँ तोड़ रही थीं।

दोपहर की उस घड़ी में मीडोज़ अलसाया-सा ऊँघता जान पड़ता था। जब हवा का कोई भूला-भटका झोंका आ जाता था, तब चीड़ के पत्ते खड़खड़ा उठते

थे। कभी कोई पक्षी अपनी सुस्ती मिटाने झाड़ियों से उड़कर नाले के किनारे बैठ जाता था, पानी में सिर डुबोता था, फिर उड़कर हवा में दो-चार निरुद्देश्य चक्कर काटकर दुबारा झाड़ियों में दुबक जाता था।

किन्तु जंगल की खामोशी शायद कभी चुप नहीं रहती। गहरी नींद में डूबी सपनों-सी कुछ आवाज़ें नीरवता के हल्के झीने परदे पर सलवटें बिछा जाती हैं, मूक लहरों-सी हवा में तिरती हैं, मानो कोई दबे पाँव झाँककर अदृश्य संकेत कर जाता है, 'देखो, मैं यहाँ हूँ।'

लतिका ने जूली के 'बॉब हेयर' को सहलाते हुए कहा, "तुम्हें कल रात बुलाया था।"

"मैडम, मैं गई थी, आप अपने कमरे में नहीं थीं।" लतिका को याद आया कि कल रात वह डॉक्टर के कमरे में टैरेस पर देर तक बैठी रही थी और भीतर ह्यूबर्ट पियानो पर सोपां का नॉक्टर्न बजा रहा था।

"जूली, तुमसे कुछ पूछना था।" उसे लगा, वह जूली की आँखों से अपने को बचा रही है।

जूली ने अपना चेहरा ऊपर उठाया। उसकी भूरी आँखों से कौतूहल झाँक रहा था।

"तुम आफ़िसर मेस में किसी को जानती हो?"

जूली ने अनिश्चित भाव से सिर हिलाया। लतिका कुछ देर तक जूली को अपलक घूरती रही।

"जूली, मुझे विश्वास है, तुम झूठ नहीं बोलोगी।" कुछ क्षण पहले जूली की आँखों में जो कौतूहल था, वह भय में परिणत होने लगा।

लतिका ने अपनी जैकट की जेब से एक नीला लिफ़ाफ़ा निकालकर जूली की गोद में फेंक दिया।

"यह किसकी चिट्ठी है?"

जूली ने लिफ़ाफ़ा उठाने के लिए हाथ बढ़ाया, किन्तु फिर एक क्षण के लिए उसका हाथ काँपकर ठिठक गया। लिफ़ाफ़े पर उसका नाम और होस्टल का पता लिखा हुआ था।

"थैंक्यू मैडम, मेरे भाई का पत्र है; वह झाँसी में रहते हैं।" जूली ने घबराहट में लिफ़ाफ़े को अपनी स्कर्ट की तहों में छिपा लिया।

"जूली, ज़रा मुझे लिफ़ाफ़ा दिखलाओ!" लतिका का स्वर तीखा, कर्कश-सा हो आया।

जूली ने अनमने भाव से लतिका को पत्र दे दिया।

"तुम्हारे भाई झाँसी में रहते हैं?"

जूली इस बार कुछ नहीं बोली। उसकी उद्भ्रांत उखड़ी-सी आँखें लतिका को देखती रहीं।

"यह क्या है?"

जूली का चेहरा सफ़ेद फ़क पड़ गया। लिफ़ाफ़े पर कुमाऊँ रेजीमेंटल सेंटर की मुहर उसकी ओर घूर रही थी।

"कौन है यह?" लतिका ने पूछा। उसने पहले भी होस्टल में उड़ती हुई अफ़वाह सुनी थी कि जूली को क्लब में किसी मिलिटरी अफ़सर के संग देखा गया था, किन्तु ऐसी अफ़वाहें अक्सर उड़ती रहती थीं और उसने उन पर विश्वास नहीं किया था।

"जूली, अभी तुम बहुत छोटी हो।" जूली के होंठ काँपे, उसकी आँखों में निरीह याचना का भाव घिर आया।

"अच्छा, अभी जाओ, तुमसे छुट्टियों के बाद बात करूँगी।"

जूली ने ललचायी दृष्टि से लिफ़ाफ़े की ओर देखा, कुछ बोलने को उद्यत हुई, फिर बिना कुछ कहे चुपचाप वापस लौट गई।

लतिका देर तक जूली को देखती रही, जब तक वह आँखों से ओझल नहीं हो गई। 'क्या मैं किसी खूसट बुढ़िया से कम हूँ? अपने अभाव का बदला क्या मैं दूसरों से ले रही हूँ?'

शायद...कौन जाने...शायद जूली का यह प्रथम परिचय हो उस अनुभूति से, जिसे कोई भी लड़की बड़े चाव से सँजोकर, सँभालकर अपने में छिपाए रहती है; एक अनिर्वचनीय सुख, जो पीड़ा लिए है, पीड़ा और सुख को डुबोती हुई उमड़ते ज्वार की खुमारी, जो दोनों को अपने में समो लेती है...एक दर्द, जो आनंद से उपजा है और पीड़ा देता है।

यहीं इसी देवदार के नीचे उसे भी यही लगा था। जब गिरीश ने पूछा था, "तुम चुप क्यों हो?" वह आँखें मूँदे सोच रही थी। सोच कहाँ रही थी, जी रही थी, उस क्षण को जो भय और विस्मय के बीच भिंचा था—बहका-सा पागल क्षण। वह अभी पीछे मुड़ेगी तो गिरीश की 'नर्वस' मुस्कराहट दिखाई दे जाएगी। उस दिन से आज दोपहर तक का अतीत एक दुःस्वप्न की मानिंद टूट जाएगा...वही देवदार है, जिस पर उसने अपने बालों के क्लिप से गिरीश का नाम लिखा था। पेड़ की छाल उतरती नहीं थी, क्लिप टूट-टूट जाता था। तब गिरीश ने अपने

नाम के नीचे उसका नाम लिखा था; जब कभी कोई अक्षर बिगड़कर टेढ़ा-मेढ़ा हो जाता था, तब वह हँसती थी, और गिरीश का काँपता हाथ और भी काँप जाता था...

लतिका को लगा, जो वह याद करती है, वही भूलना भी चाहती है; किन्तु जब वह सचमुच भूलने लगती है, तब उसे भय लगता है, जैसे कोई चीज़ उसके हाथों से छीने लिए जा रहा है—ऐसा कुछ जो सदा के लिए खो जाएगा। बचपन में जब कभी वह अपने किसी खिलौने को खो दिया करती थी, तो वह गुमसुम-सी होकर सोचा करती थी, 'कहाँ रख दिया मैंने?' जब बहुत दौड़-धूप करने पर खिलौना मिल जाता, तो वह बहाना करती कि अभी उसे खोज ही रही है कि वह अभी मिला नहीं है। जिस स्थान पर खिलौना रखा होता, जान-बूझकर उसे छोड़कर घर के दूसरे कोनों में उसे खोजने का उपक्रम करती। तब खोयी हुई चीज़ याद रहती, इसलिए भूलने का भय नहीं रहता था।

आज वह उस बचपन के खेल का बहाना क्यों नहीं कर पाती! बहाना शायद करती है—उसे याद करने का बहाना जो भूलता जा रहा है...दिन, महीने बीत जाते हैं, और वह उलझी रहती है, अनजाने में गिरीश का चेहरा धुँधला पड़ता जाता है। याद वह करती है, किन्तु जैसे किसी पुरानी तसवीर के धूल-भरे शीशे को साफ़ कर रही हो। अब वैसा दर्द नहीं होता, सिर्फ़ उस दर्द को याद करती है, जो पहले कभी होता था। तब उसे अपने पर ग्लानि होती है। वह फिर जान-बूझकर उस घाव को कुरेदती है, जो भरता जा रहा है, खुद-ब-खुद उसकी कोशिशों के बावजूद भरता जा रहा है...

देवदार पर खुदे हुए अधमिटे नाम लतिका की ओर निस्तब्ध, निरीह भाव से निहार रहे थे। मीडोज़ के घने सन्नाटे में नाले पार से खेलती हुई लड़कियों की आवाज़ें गूँज जाती थीं :

"वाट डू यू वांट? वाट डू यू वांट?"

तितलियाँ, झींगुर, जुगनू...मीडोज़ पर उतरती हुई साँझ की छायाओं में पता नहीं चलता, कौन आवाज़ किसकी है? दोपहर के समय जिन आवाज़ों को अलग-अलग करके पहचाना जा सकता था, अब वे एकस्वरता की अविरल धारा में घुल गई थीं, घास से अपने पैरों को पोंछता हुआ कोई रेंग रहा है। झाड़ियों के झुरमुट से परों को फड़फड़ाता हुआ झपटकर कोई ऊपर से उड़ जाता है, किन्तु ऊपर देखो तो कहीं कुछ भी नहीं है। मीडोज़ के झरने का गड़गड़ाता स्वर...जैसे

अँधेरी सुरंग में झपाटे से ट्रेन गुज़र गई हो, और देर तक उसमें सीटियों और पहियों की चीत्कार गूँजती रही हो।

पिकनिक कुछ देर तक और चलती, किन्तु बादलों की तहें-की-तहें एक-दूसरे पर चढ़ती आ रही थीं। पिकनिक का सामान बटोरा जाने लगा। मीडोज़ के चारों ओर बिखरी हुई लड़कियाँ मिस वुड के इर्द-गिर्द जमा होने लगीं। अपने संग वे अजीबोग़रीब चीज़ें बटोर लाई थीं। कोई किसी पक्षी के टूटे पंख को बालों में लगाए हुए थी, किसी ने पेड़ की टहनी को चाकू से छीलकर छोटी-सी बेंत बना ली थी। ऊँची क्लास की कुछ लड़कियों ने अपने-अपने रूमालों में नाले से पकड़ी हुई छोटी-छोटी बालिश्त-भर की मछलियों को दबा रखा था जिन्हें मिस वुड से छिपाकर वे एक-दूसरे को दिखा रही थीं।

मिस वुड लड़कियों की टोली के संग आगे निकल आई। मीडोज़ से पक्की सड़क तक तीन-चार फर्लांग की चढ़ाई थी। लतिका हाँफने लगी। डॉक्टर मुकर्जी जो सबसे पीछे आ रहे थे, लतिका के पास पहुँचकर ठिठक गए। डॉक्टर ने दोनों घुटनों को ज़मीन पर टेकते हुए सिर झुकाकर एलिज़ाबेथ-युगीन अंग्रेज़ी में कहा, "मैडम, आप इतना परेशान क्यों नज़र आ रही हैं?"

डॉक्टर की नाटकीय मुद्रा को देखकर लतिका के होठों पर थकी-सी ढीली-ढाली मुस्कराहट बिखर गई।

"प्यास के मारे गला सूख रहा है और यह चढ़ाई है कि खत्म होने में नहीं आती।"

डॉक्टर ने अपने कंधे पर लटकती हुई थर्मस उतारकर लतिका के हाथों में देते हुए कहा, "थोड़ी-सी कॉफ़ी बची है, शायद कुछ मदद कर सके।"

"पिकनिक में आप कहाँ रह गए डॉक्टर, कहीं दिखाई नहीं दिए?"

"दोपहर-भर सोता रहा, मिस वुड के संग। मेरा मतलब है, मिस वुड पास बैठी थी। मुझे लगता है, मिस वुड मुझसे मुहब्बत करती है।" कोई भी मज़ाक करते हुए डॉक्टर अपनी मूँछों के कोनों को चबाने लगते हैं।

"क्या कहती थी?" लतिका ने थर्मस से कॉफ़ी को मुँह में उँड़ेल लिया।

"शायद कुछ कहती, लेकिन बदक़िस्मती से बीच में ही मुझे नींद आ गई। मेरी ज़िंदगी के कुछ खूबसूरत प्रेम-प्रसंग कम्बख्त इस नींद के कारण अधूरे रह गए हैं।"

और इस दौरान जब वे दोनों बातें कर रहे थे, उनके पीछे मीडोज़ और मोटर रोड के संग चढ़ती हुई चीड़ और बाँस के वृक्षों की कतार साँझ के घिरते अँधेरे में डूबने लगी, मानो प्रार्थना करते हुए उन्होंने चुपचाप अपने सिर नीचे झुका लिए हों। इन्हीं पेड़ों के ऊपर बादलों में गिरजे का क्रॉस कहीं उलझा पड़ा था। उनके नीचे पहाड़ी की ढलान पर बिछे हुए खेत भागती हुई गिलहरियों-से लग रहे थे, जो किसी की टोह में स्तब्ध ठिठक गई हों।

"डॉक्टर, मिस्टर ह्यूबर्ट पिकनिक पर नहीं आए?"

डॉक्टर मुकर्जी टार्च जलाकर लतिका के आगे-आगे चल रहे थे।

"मैंने उन्हें मना कर दिया था।"

"किसलिए?"

अँधेरे में पैरों के नीचे दबे हुए पत्तों की चरमराहट के अतिरिक्त कुछ सुनाई नहीं देता था। डॉक्टर मुकर्जी ने धीरे से खाँसा।

"पिछले कुछ दिनों से मुझे संदेह होता जा रहा है कि ह्यूबर्ट की छाती का दर्द शायद मामूली दर्द नहीं है।" डॉक्टर थोड़ा-सा हँसे जैसे उन्हें अपनी यह गंभीरता अरुचिकर लग रही हो।

डॉक्टर ने प्रतीक्षा की, शायद लतिका कुछ कहेगी। किन्तु लतिका चुपचाप उनके पीछे चल रही थी।

"यह मेरा महज़ शक है, शायद मैं बिल्कुल ग़लत हूँ, किन्तु फिर भी यह बेहतर होगा कि वह अपने फेफड़े का एक्स-रे करा लें; इससे कम-से-कम कोई भ्रम तो नहीं रहेगा।"

"आपने मिस्टर ह्यूबर्ट से इसके बारे में कुछ कहा?"

"अभी तक कुछ नहीं कहा। ह्यूबर्ट ज़रा-सी बात पर चिंतित हो उठता है, इसलिए कभी साहस नहीं हो पाता।"

डॉक्टर को लगा, उसके पीछे आते हुए लतिका के पैरों का स्वर सहसा बंद हो गया है। उन्होंने पीछे मुड़कर देखा, लतिका बीच सड़क पर अँधेरे में छाया-सी चुपचाप निश्चल खड़ी है।

"डॉक्टर!" लतिका का स्वर भर्राया हुआ था।

"क्या बात है, मिस लतिका, आप रुक क्यों गईं?"

"डॉक्टर, क्या मिस्टर ह्यूबर्ट..."

डॉक्टर ने अपनी टार्च की मद्धिम रोशनी लतिका पर उठा दी। उन्होंने देखा, लतिका का चेहरा एकदम पीला पड़ गया है, वह रह-रहकर पत्ते-सी काँप जाती है।

"मिस लतिका, क्या बात है, आप तो बहुत डरी-सी जान पड़ती हैं?"

"कुछ नहीं डॉक्टर, मुझे···मुझे कुछ याद आ गया था।"

वे दोनों फिर चलने लगे। कुछ दूर जाने पर उनकी आँखें ऊपर उठ गईं। पक्षियों का एक बेड़ा धूमिल आकाश में त्रिकोण बनाता हुआ पहाड़ों के पीछे से उनकी ओर आ रहा था। लतिका और डॉक्टर सिर उठाकर पक्षियों को देखते रहे। लतिका को याद आया, हर साल सरदी की छुट्टियों से पहले ये परिंदे मैदानों की ओर उड़ते हैं, कुछ दिनों के लिए बीच के इस पहाड़ी स्टेशन पर बसेरा करते हैं, प्रतीक्षा करते हैं बर्फ़ के दिनों की, जब वे नीचे अजनबी, अनजाने देशों में उड़ जाएँगे।

क्या वे सब भी प्रतीक्षा कर रहे हैं—वह, डॉक्टर मुकर्जी, मिस्टर ह्यूबर्ट! 'लेकिन कहाँ के लिए, हम कहाँ जाएँगे?'

किन्तु इसका कोई उत्तर नहीं मिला, सिर्फ़ उस अँधेरे में मीडोज़ के झरने का भुतैला स्वर और चीड़ के पत्तों की सरसराहट के अतिरिक्त कुछ सुनाई नहीं देता था।

लतिका हड़बड़ाकर चौंक गई। अपनी छड़ी पर झुके हुए डॉक्टर धीरे-धीरे सीटी बजा रहे थे।

"मिस लतिका, जल्दी कीजिए, बारिश शुरू होनेवाली है।" होस्टल पहुँचने तक बिजली चमकने लगी थी, किन्तु उस रात बारिश देर तक नहीं हुई। बादल बरसने भी नहीं पाते थे कि हवा के थपेड़ों से धकेल दिए जाते थे। दूसरे दिन तड़के ही बस पकड़नी थी, इसलिए 'डिनर' के बाद लड़कियाँ सोने के लिए अपने-अपने कमरों में चली गई थीं।

जब लतिका अपने कमरे में गई, उस समय कुमाऊँ रेजीमेंट सेंटर का बिगुल बज रहा था। उसके कमरे में करीमुद्दीन कोई पहाड़ी धुन गुनगुनाता हुआ लैंप में गैस पंप कर रहा था। लतिका उन्हीं कपड़ों में तकिये को दुहरा करके लेट गई। करीमुद्दीन ने उड़ती हुई निगाह से लतिका को देखा, फिर अपने काम में जुट गया।

"पिकनिक कैसी रही, मेम साहब?"

"तुम क्यों नहीं आए, सब लड़कियाँ तुम्हें पूछ रही थीं।" लतिका को लगा, दिनभर की थकान धीरे-धीरे उसके शरीर की पसलियों पर चिपटती जा रही है। अनायास उसकी आँखें नींद के बोझ से झपकने लगीं।

"मैं चला आता तो ह्यूबर्ट साहब की तीमारदारी कौन करता? दिन-भर उनके बिस्तरे से सटा हुआ बैठा रहा, और अब वह ग़ायब हो गए हैं।"

करीमुद्दीन ने कंधे पर लटकते हुए मैले-कुचैले तौलिए को उतारा और लैंप के शीशों की गर्द पोंछने लगा।

लतिका की अधमुँदी आँखें खुल गईं। "क्या ह्यूबर्ट साहब अपने कमरे में नहीं हैं?"

"खुदा जाने, इस हालत में कहाँ गए? पानी गरम करने कुछ देर के लिए बाहर गया था, वापस आने पर देखता हूँ कि कमरा खाली पड़ा है।"

करीमुद्दीन बुड़बुड़ाता हुआ बाहर चला गया। लतिका ने लेटे-लेटे पलंग के नीचे चप्पलों को पैरों से उतार दिया।

ह्यूबर्ट इतनी रात कहाँ गए? किन्तु लतिका की आँखें फिर झपक गईं। दिनभर की थकान ने सब परेशानियों, प्रश्नों पर कुंजी लगा दी थी; जैसे दिन-भर आँखमिचौनी खेलते हुए उसने अपने कमरे में 'दैया' को छू लिया था, अब वह सुरक्षित थी, कमरे की चहारदीवारी के भीतर उसे कोई नहीं पकड़ सकता। दिन के उजाले में वह गवाह थी, मुज़रिम थी, हर चीज़ का उससे तकाज़ा था; अब इस अकेलेपन में कोई गिला नहीं, उलाहना नहीं, सब खींचतान ख़त्म हो गई है; जो अपना है, वह बिल्कुल अपना-सा हो गया है, जो पराया है, उसका दुःख नहीं, अपनाने की फ़ुरसत नहीं...

लतिका ने दीवार की ओर मुँह मोड़ लिया। लैंप के फ़ीके आलोक में हवा में काँपते परदों की छायाएँ हिल रही थीं। बिजली कड़कने से खिड़कियों के शीशे चमक जाते थे, दरवाज़े चटखने लगते थे, जैसे कोई बाहर से धीमे-धीमे खटखटा रहा हो। कॉरीडोर से अपने-अपने कमरों में जाती हुई लड़कियों की हँसी, बातों के कुछ शब्द...फिर सब शांत हो गया, किन्तु फिर भी देर तक कच्ची नींद में वह लैंप का धीमा-सा 'सी-सी' का स्वर सुनती रही; कब स्वर भी मौन का भाग बनकर मूक हो गया, उसे पता न चला।

कुछ देर बाद उसको लगा, सीढ़ियों से कुछ दबी आवाज़ें ऊपर आ रही हैं, बीच-बीच में कोई चिल्ला उठता है, और फिर सहसा आवाज़ें धीमी पड़ जाती हैं।

"भिस लतिका, ज़रा अपना लैंप ले आइए!" कॉरीडार के ज़ीने से डॉक्टर मुकर्जी की आवाज़ आई थी।

कॉरीडोर में अँधेरा था। वह तीन-चार सीढ़ियाँ नीचे उतरी, लैंप नीचे किया। सीढ़ियों से सटे जंगले पर ह्यूबर्ट ने अपना सिर रखा हुआ था; उसकी एक बाँह

जंगले के नीचे लटक रही थी और दूसरी डॉक्टर के कंधे पर झूल रही थी, जिसे डॉक्टर ने अपने हाथों में जकड़ रखा था।

"मिस लतिका, लैंप ज़रा और नीचे झुका दीजिए...ह्यूबर्ट, ह्यूबर्ट!" डॉक्टर ने ह्यूबर्ट को सहारा देकर ऊपर खींचा। ह्यूबर्ट ने अपना चेहरा ऊपर किया। ह्विस्की की तेज़ बू का झोंका लतिका के सारे शरीर को झिंझोड़ गया। ह्यूबर्ट की आँखों में सुर्ख डोरे खिंच आए थे, कमीज़ का कॉलर उल्टा हो गया था और टाई की गाँठ ढीली होकर नीचे खिसक आई थी। लतिका ने काँपते हाथों से लैंप सीढ़ियों पर रख दिया और आप दीवार के सहारे खड़ी हो गई। उसका सिर चकराने लगा था।

"इन द बैकलेन ऑफ़ द सिटी, देयर इज़ ए गर्ल हू लव्स मी..." ह्यूबर्ट हिचकियों के बीच गुनगुना उठता था।

"ह्यूबर्ट, प्लीज़...प्लीज़", डॉक्टर ने ह्यूबर्ट के लड़खड़ाते शरीर को अपनी मज़बूत गिरफ्त में पकड़ लिया।

"मिस लतिका, आप लैंप लेकर आगे चलिए।" लतिका ने लैंप उठाया, दीवार पर उन तीनों की छायाएँ डगमगाने लगीं।

"इन द बैकलेन ऑफ़ द सिटी, देयर इज़ ए गर्ल हू लव्स मी!" ह्यूबर्ट डॉक्टर मुकर्जी के कंधे पर सिर टिकाए अँधेरी सीढ़ियों पर उल्टे-सीधे पैर रखता हुआ चढ़ रहा था।

"डॉक्टर, हम कहाँ हैं?" ह्यूबर्ट सहसा इतनी ज़ोर से चिल्लाया कि उसकी फटती हुई आवाज़ सुनसान अँधेरे में कॉरीडोर की छत से टकराकर देर तक हवा में गूँजती रही।

"ह्यूबर्ट!" डॉक्टर को एकदम ह्यूबर्ट पर गुस्सा आ गया, फिर अपने गुस्से पर ही उन्हें खीज-सी हो आई और वह ह्यूबर्ट की पीठ थपथपाने लगे।

"कुछ बात नहीं है, ह्यूबर्ट डियर, तुम सिर्फ़ थक गए हो।" ह्यूबर्ट ने अपनी आँखें डॉक्टर पर गड़ा दीं; उनमें एक भयभीत बच्चे की-सी कातरता झलक रही थी, मानो डॉक्टर के चेहरे से वह किसी प्रश्न का उत्तर पा लेना चाहता हो।

ह्यूबर्ट के कमरे में पहुँचकर डॉक्टर ने उसे बिस्तर पर लिटा दिया। ह्यूबर्ट ने बिना किसी विरोध के चुपचाप अपने जूते, मोज़े उन्हें उतारने दिए। जब डॉक्टर ह्यूबर्ट की टाई उतारने लगे, ह्यूबर्ट अपनी कुहनी के सहारे उठा, कुछ देर तक डॉक्टर को आँखें फाड़ते हुए घूरता रहा, फिर धीरे से उनका हाथ पकड़ लिया।

"डॉक्टर, क्या मैं मर जाऊँगा?"

"कैसी बात करते हो, ह्यूबर्ट?" डॉक्टर ने हाथ छुड़ाकर धीरे से ह्यूबर्ट का सिर तकिए पर टिका दिया।

"गुडनाइट, ह्यूबर्ट!"

"गुडनाइट, डॉक्टर!" ह्यूबर्ट ने करवट बदल ली।

"गुडनाइट, मिस्टर ह्यूबर्ट!" लतिका का स्वर सिहर गया।

किन्तु ह्यूबर्ट ने कोई उत्तर नहीं दिया। करवट बदलते ही उसे नींद आ गई थी।

कॉरीडोर में वापस आकर डॉक्टर मुकर्जी रेलिंग के सामने खड़े हो गए। हवा के तेज़ झोंकों से आकाश में फैले बादलों की परतें जब कभी इकहरी हो जातीं तब उनके पीछे से चाँदनी बुझती हुई आग के धुएँ-सी आस-पास की पहाड़ियों पर फैल जाती थी।

"आपको मिस्टर ह्यूबर्ट कहाँ मिले?" लतिका कॉरीडोर के दूसरे कोने में रेलिंग पर झुकी हुई थी।

"क्लब की बार में उन्हें देखा था। मैं न पहुँचता तो न जाने कब तक बैठे रहते!" डॉक्टर मुकर्जी ने सिगरेट जलाई। उन्हें अभी एक-दो मरीज़ों के घर जाना था, कुछ देर तक उन्हें टाल देने के इरादे से वह कॉरीडोर में खड़े रहे।

नीचे अपने क्वार्टर में बैठा हुआ करीमुद्दीन माउथ ऑर्गन पर कोई पुरानी फ़िल्मी धुन बजा रहा था।

"आज दिन-भर बादल छाए रहे, लेकिन खुलकर बारिश नहीं हुई।"

"क्रिसमस तक शायद मौसम ऐसा ही रहेगा।" कुछ देर तक दोनों चुपचाप खड़े रहे। कॉन्वेंट स्कूल के बाहर फैले लॉन से झींगुरों का अनवरत स्वर चारों ओर फैली निस्तब्धता को और भी अधिक घना बना रहा था। कभी-कभी ऊपर मोटर-रोड पर किसी कुत्ते की रिरियाहट सुनाई पड़ जाती थी।

"डॉक्टर, कल रात आपने मिस्टर ह्यूबर्ट से कुछ कहा था, मेरे बारे में?"

"वही, जो सब लोग जानते हैं और ह्यूबर्ट, जिसे जानना चाहिए था, नहीं जानता था..."

डॉक्टर ने लतिका की ओर देखा; वह जड़वत्, अविचलित, रेलिंग पर झुकी हुई थी।

"वैसे हम सबकी अपनी-अपनी ज़िद होती है; कोई छोड़ देता है, कुछ लोग

आखिर तक उससे चिपके रहते हैं!'' डॉक्टर मुकर्जी अँधेरे में मुस्कराए। उनकी मुस्कराहट में सूखा-सा विरक्ति का भाव भरा था।

''कभी-कभी मैं सोचता हूँ, मिस लतिका, किसी चीज़ को न जानना यदि ग़लत है, तो जान-बूझकर न भूल पाना, हमेशा जोंक की तरह चिपटे रहना, यह भी ग़लत है। बर्मा से आते हुए जब मेरी पत्नी की मृत्यु हुई थी, मुझे अपनी ज़िंदगी बेकार-सी लगी थी। आज उस बात को अरसा गुज़र गया और जैसा आप देखती हैं, मैं जी रहा हूँ; उम्मीद है कि काफ़ी अरसा और जिऊँगा। ज़िंदगी काफ़ी दिलचस्प लगती है और यदि उम्र की मज़बूरी न होती तो शायद मैं दूसरी शादी करने में भी न हिचकता। इसके बावजूद कौन कह सकता है कि मैं अपनी पत्नी से प्रेम नहीं करता था। आज भी करता हूँ...''

''लेकिन, डॉक्टर...!'' लतिका का गला रुँध आया था।

''क्या, मिस लतिका...''

''डॉक्टर, सब कुछ होने के बावजूद वह क्या चीज़ है, जो हमें चलाए चलती है, हम रुकते हैं तो भी अपने बहाव में वह हमें घसीट लिए जाती है?'' लतिका से आगे कुछ नहीं कहा गया, जैसे जो वह कहना चाह रही है, वह कह नहीं पा रही, जैसे अँधेरे में कुछ खो गया है, जो मिल नहीं पा रहा, शायद कभी नहीं मिल पाएगा।

''यह तो आपको फ़ादर एलमण्ड ही बता सकेंगे, मिस लतिका!'' डॉक्टर की खोखली हँसी में उनका पुराना सनकीपन उभर आया था।

''अच्छा चलता हूँ, मिस लतिका, मुझे काफी देर हो गई है।'' डॉक्टर ने दियासलाई जलाकर घड़ी को देखा।

''गुडनाइट, मिस लतिका!''

''गुडनाइट, डॉक्टर!''

डॉक्टर के जाने पर लतिका कुछ देर तक अँधेरे में रेलिंग से सटी खड़ी रही। हवा चलने से कॉरीडोर में जमा हुआ कुहरा सिहर उठता था। शाम को सामान बाँधते हुए लड़कियों ने अपने-अपने कमरे के सामने जो पुरानी कॉपियों, अख़बारों और रद्दी कागज़ों के ढेर लगा दिए थे, वे अब अँधेरे कॉरीडोर में हवा के झोंकों से इधर-उधर बिखरने लगे थे।

लतिका ने लैंप उठाया और अपने कमरे की ओर जाने लगी। कॉरीडोर में चलते हुए उसने देखा, जूली के कमरे से प्रकाश की एक पतली रेखा दरवाज़े

के बाहर खिंच आई है। लतिका को कुछ याद आया। वह साँस रोके जूली के कमरे के बाहर खड़ी रही। कुछ देर बाद उसने दरवाज़ा खटखटाया। भीतर से कोई आवाज़ नहीं आई। लतिका ने दबे हाथों से हल्का-सा धक्का दिया, दरवाज़ा खुल गया। जूली लैम्प बुझाना भूल गयी थी। लतिका धीरे-धीरे दबे पाँव जूली के पलंग के पास चली आयी। जूली का सोता हुआ चेहरा लैंप के फीके आलोक में पीला-सा दीख रहा था। लतिका ने अपनी जेब से वही नीला लिफ़ाफ़ा निकाला और उसे धीरे से जूली के तकिये के नीचे दबा कर रख दिया।

जलती झाड़ी

मैं उस शहर में पहली बार आया था। सोचा था, चन्द दिन यहाँ रहकर आगे चला जाऊँगा, किन्तु कुछ अप्रत्याशित कारण से रुक जाना पड़ा। दिन-भर होटल में रहता और जब ऊब जाता, तो अक्सर घूमते हुए इस स्थान की ओर कदम बढ़ जाते। अजनबी शहरों में भी हर यात्री अपने प्रिय कोने खोज लेता है...

वैसे भी कई बार वहाँ जाने को मन हुआ था। रात को किसी सस्ते रेस्तरां की तलाश करते समय अक्सर उस तरफ निगाह चली जाती या कभी ट्राम की खिड़की से पुल पार करते हुए एक दबा-सा मोह जग जाता। इच्छा होती, यहीं उतर जाऊँ। किन्तु एक हल्की-सी हिचक उभर आती और मैं उसके तले दब जाता।

वह दिन कुछ अलग-सा रहा होगा। मैं दिन-भर होटल के अकेले कमरे में सोता रहा था। फिर कुछ ज़रूरी पत्र लिखे और उन्हें पोस्ट करने के बहाने बाहर चला आया।

वापस आते हुए मैंने जान-बूझकर रास्ता बदल लिया। सम्भव है, एक धुँधले ढंग से मैंने अपने को ढीला छोड़ दिया...ऐसा अक्सर होता है। जब कभी मैं दिन-भर सोकर बाहर आता हूँ, तब अपने को एक नए सिरे से छोड़ देने की इच्छा होती है—ख़ासकर अजनबी शहरों में, जहाँ हमें कोई नहीं पहचानता, और हम किसी शर्म और झिझक के बिना एक रास्ता छोड़कर दूसरे रास्ते पर हो लेते हैं।

ऐसा ही एक पतझर का दिन था, जब मैं वहाँ चला आया था।

वह एक टापू था—शहर के छोर पर, जहाँ पहाड़ी शुरू होती है। नदी की दो धाराएँ कैंची की तरह उसे बीच में से काट गई थीं। पुल के नीचे लम्बी घास पानी में भीगती रहती थी। किनारे पर दूर-दूर लाल तख्तों की बेंचें पड़ी थीं। उन दिनों अक्सर ये बेंचें खाली रहती थीं। बिलकुल खाली भी नहीं...पत्ते लगातार उनपर झरते रहते। जब कभी हवा का कोई झोंका उन्हें उड़ा ले जाता, तो वही

झोंका वापस मुड़कर दूसरे पत्तों को उनपर बिखरा देता। वे कभी ज़्यादा देर तक ख़ाली नहीं रहती थीं। पानी बहता रहता। उनकी आवाज़ के संग हमेशा एक और आवाज़ मन में आती थी...किसी दिन वहाँ जाऊँगा।

और ऐसे ही एक पतझर के दिन में मैं वहाँ चला आया था...

किनारे-किनारे चलते हुए मैं उन बच्चों से अलग था, जो पुल के नीचे खेल रहे थे। उन्होंने शायद मुझे देखा भी नहीं। वे पत्तों का ढेर बना देते थे और उन्हें माचिस से जलाकर भाग जाते थे। शाम की मद्धिम धूप में धुएँ के दायरे फैल जाते थे। एक सोंधी-सी गन्ध टापू के इर्द-गिर्द हवा में तिर जाती थी।

मैं पुल से दूर चला आया—दूसरी तरफ, जहाँ पेड़ों की नंगी शाखाएँ पानी को छू रही थीं। वहाँ गीली घास का एक टुकड़ा नदी के छोर तक चला गया था। ढलान पर उतरते ही निगाह अचानक उसपर टिक गई। पाँव अनायास ठिठक गए।

वह एक बहुत बूढ़ा व्यक्ति था। एक छोटी-सी स्पोर्ट-चेयर पर बैठा था—बिलकुल निश्चल और खामोश। मुँह में पाइप दबी थी, जो न जाने कब से बुझ चुकी थी। हाथ में मछली पकड़ने का काँटा था—नदी के गंदले पानी में दूर तक डूबा हुआ। किन्तु उसका ध्यान काँटे की तरफ नहीं था—वह टापू के परे शहर के पुलों की ओर देख रहा था। रह-रह कर मुँह में दबी पाइप हिल उठती थी।

वह टापू का नीरव कोना था। मैं निरुद्देश्य घूमता हुआ थक गया था। अपना चमड़े का बैग मैंने भीगी घास पर रख दिया और वहीं बैठ गया।

पास, मेरे बिलकुल पास, एक नंगा वृक्ष खड़ा था। बारिश में भीगा, लेकिन गरम। उसकी गरमाई धीरे-धीरे मुझे छूने लगी। पिछले एक सप्ताह से इस शहर पर पानी बरस रहा था। घास के नीचे मिट्टी नम थी और इतनी मुलायम कि पैर नीचे दबने लगते थे।

यह पहला दिन था, जब बारिश थमी थी। बादल अब भी थे, कुछ टापू पर, कुछ हटकर शहर की पहाड़ी पर, किन्तु अब वे खाली और हल्के थे और हवा में उड़ते-से जान पड़ते थे।

मैं काफी देर तक वहाँ बैठा रहा। इस दौरान में बूढ़े ने एक भी मछली नहीं पकड़ी। एक बार काँटा हिला था—उसने लपककर डंडी खींची। मैंने सोचा, अब एक तड़पता हुआ माँस का लोथ ऊपर आएगा। मैं खुद शायद काफी उत्तेजित हो गया था और पानी के पास सरक आया था। किन्तु कुछ भी नहीं हुआ। उसने नदी से काँटा बाहर निकाला, फिर मेरी ओर देखकर हँसने लगा।

हम दोनों फिर अपनी-अपनी जगह चुपचाप बैठे रहे। बूढ़े ने अपने काँटे में चारा भरा और फिर दूर हवा में उछालकर पानी में डुबो दिया। बहते पानी पर एक चौड़ा-सा दायरा फैल गया—धूप में पारे-सा चमकता हुआ, और फिर मिट गया।

उसने अपनी पाइप दुबारा सुलगा ली और पुराने ओवरकोट के कॉलर ऊपर कानों तक चढ़ा लिए। पानी पर तिरती धूप का एक हिस्सा बच्चों के लट्टू-सा घूमता हुआ किनारे आ लगता था और टूट जाता था। किन्तु बूढ़े का ध्यान उधर नहीं था। मैं बहुत सोचता हुआ भी ठीक से निश्चय नहीं कर पाया कि उसकी आँखें किस खास बिन्दु पर टिकी हैं। उसकी आँखें खुली हैं या बन्द, यह भी सही-सही कह पाना कठिन था।

किन्तु रफ्ता-रफ्ता मेरा भ्रम पक्का होता गया और वह भ्रम किस चीज़ को लेकर था, मैं आज तक ठीक से नहीं जान सका, किन्तु वह अवश्य किसी अज्ञात सन्देह का द्योतक रहा होगा। वह सिर्फ एक बार मुझे देखकर हँसा था, किन्तु मुझे आश्चर्य है कि क्या इस समय भी उसने मुझे ठीक से देखा था? यदि नहीं देखा था तो मेरी ओर उन्मुख होकर हँसने की ज़रूरत क्यों महसूस हुई?

मुझे अपने भीतर एक अजीब-सी बेचैनी महसूस होने लगी। उसे मेरे अस्तित्व का बिलकुल भी आभास नहीं, हालाँकि मैं उसके इतने पास बैठा हूँ—यह मुझे अत्यन्त अस्वाभाविक-सा जान पड़ा। अजाने शहरों में कभी-कभी आत्मीयता की भूख कितनी उत्कट हो जाती है, यह उस क्षण से पहले मैं नहीं जान पाया था।

निस्सन्देह वह कहीं किसी खास चीज़ पर आँखें टिकाए था—ऐसा कुछ जो मेरी आँखों के घेरे के भीतर छुआ भी मुझसे अछूता था।

किन्तु मैंने कोशिश की। उसकी आँखों के सामने शहर का सबसे पुराना पुल था, उसके परे नेशनल थियेटर की बारीक दीवारें और छत और बीच में पुल का टॉवर, जो शाम को डूबती रोशनी में झिलमिला रहा था। किन्तु ये ऐसी चीज़ें थीं, जिन्हें उस शहर में चलते हुए, गलियों से गुज़रते हुए, हम रोज़ देखते थे। इनमें कुछ भी विशिष्ट, कुछ भी असाधारण नहीं था, कम से कम इस बूढ़े के लिए तो नहीं, जो शायद बरसों से इस शहर में रह रहा है। मेरे भीतर का भ्रम फिर जागने लगा...इसके अलावा भी शायद कुछ और है, कुछ अन्यतम, बिलकुल अलग से...

किन्तु क्या यह आदमी देख सकता है? अचानक मेरे मस्तिष्क में यह बेतुका विचार कौंध गया। वह बहुत बूढ़ा है...

हवा का हल्का-सा झोंका आया—धूप धीरे-धीरे उड़ने लगी। समूचे टापू पर एक जड़वत् निस्तब्धता-सी घिरने लगी। पत्ते पानी पर झरते थे और बह जाते थे। सिर्फ धूप के कुछ टुकड़े शेष रह गए थे—पत्थरों पर, टहनियों पर। कुछ देर बाद शाम उन्हें भी बुहार ले जाएगी—सिर्फ हम दोनों वहाँ बने रहेंगे।

किन्तु नहीं...वह जा रहा है। मेरी आँखें अनायास ऊपर उठ आईं। वह सचमुच जा रहा था। उसने मछली पकड़ने के काँटे को पानी से बाहर निकाल लिया, कैनवास की कुर्सी को लपेटकर बगल में दबा लिया, फिर बहुत पुराना, ज़र्द बाउलर हैट पहना और पाइप मुँह से बाहर निकालकर जेब में रख ली। मछली पकड़ने का झोला—जो खाली था—उसने काँटे की डंडी पर लटका लिया था।

न जाने क्यों, उस क्षण मेरे भीतर एक अजीब-सी झुरझुरी फैल गई। लगा, जैसे मैं एक बहुत पेचीदा रहस्यमय ढंग से उस पर आश्रित हूँ, जैसे उसके जाने-भर से ही मैं कुछ खो दूँगा, जो एक लम्बी मुद्दत से मुझमें पलता रहा है, जैसे उसका यहाँ रहना खुद मेरे रहने से जुदा है...किन्तु उस क्षण शायद कुछ हुआ, शायद सूखे पत्तों की खड़खड़ाहट या शायद कोई पत्थर पानी में लुढ़क गया होगा—और वह चौंक गया, जैसे उसके पाँव धरती पर बँधे-से रह गए, जैसे किसी ने उसे पकड़ लिया हो। उसने एक बार पीछे मुड़कर देखा, नदी के बहते पानी की तरफ और फिर तेज़ी से कदम बढ़ाता हुआ मेरे सामने से निकल गया।

जाते हुए उसने एक बार भी मेरी ओर नहीं देखा। कुछ देर तक टापू में उसके पैरों के नीचे दबते पत्तों की चरमराहट सुनाई देती रही...फिर सब कुछ पहले जैसा खामोश हो गया।

ऐसे ही कुछ क्षण बीते होंगे। मैं अपनी जगह से उठ खड़ा हुआ और ठीक उसी स्थान पर आकर बैठ गया, जहाँ कुछ देर पहले बूढ़ा मछुआरा बैठा था, गीली मिट्टी पर उसके जूतों के निशान अब भी दिखाई देते थे...बहुत लम्बे नहीं किन्तु काफी चौड़े और आगे की तरफ से तनिक बेडौल। वे मुझे बहुत साधारण-से लगे और ज़्यादा देर तक मेरा ध्यान उनपर नहीं टिक सका।

इस बीच अवश्य कुछ समय गुज़रा होगा...बाद में जब मेरा ध्यान अपनी तरफ गया, तो मुझे कुछ हैरानी-सी हुई। दरअसल पिछले कुछ समय से मैं उसी तरफ—बिना किसी निश्चित इरादे या संकल्प के देख रहा था, जहाँ कुछ देर पहले बूढ़े की आँखें लगी थीं। किनारे के पास लगी झाड़ियों पर कुछ परिन्दे उड़े थे। एम्बेंकमेण्ट के परे एक बहुत पुराने गिरजे के शीशे पर आखिरी धूप का धब्बा चमक रहा था—उसकी छाया डबडबाती सुर्ख-आँख-सी दरिया के बीच चमक जाती थी।

कोई नहीं जानेगा, मैंने सोचा, कोई नहीं जानेगा कि अभी कुछ देर पहले तक वह बूढ़ा यहाँ, इसी जगह बैठा था। इस ख्याल से मुझे सान्त्वना मिली कि मैंने उससे छुटकारा पा लिया है। बहुत मुमकिन है कि वह महज़ मेरा भ्रम हो, एक झूठा भटकाव, जो अक्सर अजनबी शहरों में घूमते हुए हो जाता है। होटल के कमरे में पहुँचते ही—जब मैं अपने को नए सिरे से अकेला पाऊँगा—तो हर चीज़ अपने औसत, असली घेरे में लौट आएगी।

सामने पुल पर ट्राम जा रही थी...उसकी बत्तियों की छाया चमकीली झालर-सी पानी पर फिसलती रही। कुछ लोग खिड़की से बाहर इस टापू को देख रहे थे—बिलकुल वैसे ही स्वाभाविक और सहज ढंग से, जैसे मैं आर-पार जाते हुए देखा करता था। किन्तु अब मैं खिड़की से लटकते हुए उनके चेहरों को देखकर कुछ बेचैन-सा हो उठा...अपने पर शंका-सी होने लगी, जैसे मैंने यहाँ आकर कोई गलती कर डाली हो...लगा, जैसे मुझे भी उनकी तरह पुल के पार सीधा चला जाना चाहिए था।

कोशिश करूँ तो अब भी जा सकता हूँ, सिर्फ...

मुझे अपने पीछे हल्की-सी आहट सुनाई दी। दो लड़के मेरी ओर बहुत मन्द गति से चले आ रहे थे। इस शहर के अन्य लड़कों की तरह उनके सिर गोल, नीली टोपियों से ढके थे। छोटे लड़के के हाथ में एक चौड़ा रंग-बिरंगा रूमाल था। वह पेड़ों से झरे हुए, पीले मुरझाए पत्ते उस रूमाल में बटोरता जाता था। बड़ा लड़का—जो पहले से कद में ऊँचा था, किन्तु उम्र में ज़्यादा बड़ा नहीं लगता था, अनमने भाव से एक छोटी-सी टहनी हवा में घुमाता हुआ चल रहा था। वे दोनों टापू के अन्तिम छोर पर आ गए थे...उस जगह तक, जहाँ किनारे पर लगी झाड़ियाँ पानी में भीग रही थीं।

छोटा लड़का दबे कदमों से ढलान पर उतरा और रूमाल में बँधे सब पत्ते पानी में छोड़ दिए। फिर उसने अपने कोट की दोनों जेबों से कुछ और पत्ते निकाले—गीली मिट्टी में लिथड़े पत्ते—और फिर उन्हें भी दोनों हाथों से बहते पानी में बहा दिया। इस बीच मुझे महसूस हुआ कि बड़ा लड़का मुझे देख रहा है—अब भी वह छोटी-सी नंगी टहनी हवा में घुमा रहा था। उसके दाँतों के बीच घास का एक तिनका था, जिसे वह बराबर चबाए जा रहा था। छोटा लड़का पत्तों को बहाकर ऊपर आ गया। वे दोनों अब एक संग खड़े मुझे देख रहे थे।

एक निगाह होती है, सीधी और निश्चित। उसमें हम बँध जाते हैं और रील की मानिन्द खिंचते चले जाते हैं। मुझे ऐसा अक्सर हो जाता है। सुई की

नोक तले जैसे कोई कीड़ा दब जाता है—बदहवास होकर तिलमिलाता है, फिर ठहर जाता है...मन्त्रमुग्ध-सा, मूर्च्छित...वैसे ही, बिलकुल वैसे ही।

फिर बड़ा लड़का आगे बढ़ा। बहुत सहज भाव से वह मेरे निकट चला आया। और मुझे लगा जैसे उसका इस तरह मेरे पास चला आना बहुत स्वाभाविक है, जैसे पिछले कुछ क्षणों से मैं खुद इसकी प्रतीक्षा कर रहा हूँ।

—आज कैसे हो?—उसने पूछा। मैं कुछ भी कह पाता कि मुझे लगा कि पीछे खड़ा छोटा लड़का बहुत ही विरक्त भाव से मुस्करा रहा है।

—आज भी खाली हाथ हो?

खाली हाथ? मेरी आँखें अनायास अपने हाथों पर झुक आईं—वे सचमुच खाली थे।

—मेरा मतलब इनसे नहीं है—बड़े लड़के ने उसी सहज, संयत स्वर में कहा—आज भी तुम कुछ भी नहीं पकड़ पाए?

—किन्तु...तुम्हें ग़लतफ़हमी हुई है। मैं वह नहीं हूँ, जिसे तुम खोज रहे हो। वह तो कब का चला गया।

—कहाँ?

मैंने अपने चारों ओर देखा। टापू पर डूबते सूरज की पीली, मैली-सी ललाहट फैल गई थी। दूर पुल के पास जलते पत्तों के ढेर से अब भी धुआँ उठ रहा था, किन्तु वह कहीं भी न था। सिर्फ हवा चलने से पत्ते बेंचों से लुढ़ककर धरती पर लोटने लगते थे।

—वह अब यहाँ नहीं है—मैंने कहा, किन्तु न जाने क्यों, इस बार मेरे स्वर में पहले जैसी दृढ़ता नहीं थी।

—लेकिन तुम तो यहाँ हर रोज़ आते हो...छोटे लड़के ने कहा—उधर देखो, तुम्हारे बूट के निशान अब भी हैं।

मैंने देखा, मेरे पैर से सटा अब भी वह निशान साफ दिखाई दे रहा था, भरा-भरा-सा चौड़ा और आगे की तरफ से तनिक बेडौल। टूटी, उखड़ी हुई घास के बीच जूते की साफ-साबुत छाप। बदन के एक कटे हिस्से की तरह वह निशान गीली ज़मीन से चिपका रह गया था।

—किन्तु वह मेरा नहीं है—अत्यन्त अनिश्चित और कमज़ोर लहजे में मैंने प्रतिवाद किया। वे चुपचाप खड़े रहे। मुझे लगा जैसे वे प्रतीक्षा कर रहे हैं कि मैं प्रमाण देने के लिए अपने पैर आगे बढ़ाऊँगा। खुद मेरे लिए यह क्रिया बहुत

स्वाभाविक होती, किन्तु कोई ताकत मुझे रोके रही। मैं पूरी शक्ति से अपने पैरों को लम्बी घास में छिपाए रहा।

फिर कुछ भी नहीं हुआ। लगा, जैसे उस क्षण के बाद उनकी दिलचस्पी मुझमें खत्म-सी हो गई है। छोटा लड़का पूर्ववत् अपने रूमाल में नीचे गिरे पत्तों को बटोरता हुआ दूर निकल गया। बड़ा लड़का अवश्य कुछ क्षणों तक वहाँ खड़ा रहा था, मेरी ओर से बिलकुल उदासीन और तटस्थ।

तब मैं अचानक चौंक-सा गया। वह उसी जगह खड़ा था, जहाँ बूढ़ा चलते-चलते कुछ क्षणों के लिए ठिठक गया था। बिलकुल वही जगह और उसकी आँखें उसी अज्ञात बिन्दु पर जा टिकी थीं, जहाँ बूढ़ा इतनी देर से एकटक देख रहा था।

वह महज़ एक संयोग रहा होगा, उससे ज़्यादा कुछ भी नहीं, क्योंकि कुछ देर बाद ही उसने पास पड़े एक ढेले को ठोकर मारकर पानी में लुढ़का दिया। पानी हिला। कहीं बहुत नीचे बहुत-सी परतें खुलती चली गईं। झाड़ी के पास गीली मिट्टी पर रेंगती सुई कीड़ियों की कतार लमहा भर रुककर फिर आगे बढ़ चली। उसने मुँह का तिनका पानी में थूक दिया। सिर से टोपी उतारकर उसे हवा में एक-दो बार झटकाकर पहन लिया और फिर उसी पुराने, अनमने भाव से टहनी को हवा में घुमाता हुआ छोटे लड़के के पीछे चल दिया।

इतना ही हुआ। वे चले गए थे, मुझे अपने पर छोड़कर। मैं फिर वहाँ अकेला छूट गया था, किन्तु उनके जाने के बाद पहले का-सा अकेलापन वापस नहीं आया। जब तक अकेलापन संग रहता है, सही मायनों में तब हम अकेले नहीं होते। अब मैं सिर्फ अपने संग था और मुझे यह ख्याल काफी भयानक लगा कि वे दोनों मुझसे कुछ छीन ले गए हैं, जो अब तक मेरे संग था।

उसके बाद मैं ज्यादा देर तक वहाँ नहीं बैठ सका। मैं फिर अपनी पुरानी जगह वापस आ गया—पेड़ के तने के पास—जहाँ अब भी मेरा बैग रखा था। हम कितनी जल्दी और कितनी बेचैनी से सुरक्षा की टोह पा लेते हैं।

शहर की पहाड़ियाँ अब अँधेरे में छिप गई थीं, किन्तु उनके ऊपर, पीछे की ओर उठती हुई गोथिक गिरजे की धूमिल मीनारें एक अधभूले स्वप्न की तरह हवा में टँगी थीं। उन्हें देखकर लगता था, जैसे एक बड़ा विशालकाय पक्षी उड़ता हुआ अचानक ठिठक गया हो, पहाड़ी और खुले आकाश के बीच उसके दोनों पंख ऊपर की ओर मुड़ गए हों—पथरा गए हों खाली हवा पर।

टापू से कुछ दूर शहर के पुराने पुल की बत्तियाँ झिझकती-सी एक के बाद

एक जलने लगी थीं। बहते पानी में उनकी छाया टिमटिमाती मोमबत्तियों-सी काँप जाती थी।

बहते पानी को देखना शायद बहुत अजीब है। ज़्यादा देर तक एकटक देखते रहो तो लगता है, हममें से भी कुछ टूट-टूटकर उसके संग बह रहा है। हमारे भीतर दूरी के जो हिस्से हैं, जिन्हें कभी-कभार सोते हुए नींद की चन्द लहरें भिगोकर वापस लौट जाती हैं, जो हमारी आधी-अँधेरी ज़िंदगी का हिस्सा है, लगता है, जैसे वे स्याह, गहरे पानी के भीतर से उनपर झाँक रहे हों, हमें देख रहे हों।

क्या पहले मैंने कभी देखा है—उन दो लड़कों को, जो अभी-अभी यहाँ से चले गए थे? किन्तु इस शहर में मैं अजनबी हूँ। यदि आज रात अचानक मै यहाँ से चला जाऊँ, तो होटल के मैनेजर और पुलिस के अलावा किसी को कुछ भी पता नहीं चलेगा। नहीं, यह मेरा भ्रम है। उन्होंने ज़रूर मुझे पहचानने में ग़लती की है। ऐसा धोखा अक्सर हो जाता है। हो सकता है, वे मज़ाक कर रहे हों। बच्चे अक्सर विदेशी को देखकर मज़ाक करते हैं।

मुझे हल्की-सी खुशी हुई कि वे अब चले गए हैं और मैं जान-बूझकर यह खुशी अपने से छिपाता रहा, जैसे मैं उस पर शर्मिन्दा हूँ। टापू पर सिर्फ जलते पत्तों पर से दो-चार बुझती हुई लपटें उठ जाती थीं। बच्चे उन्हें इसी तरह जलता हुआ छोड़ बहुत पहले चले गए थे और अब चारों तरफ खामोशी थी...वैसी ही अटूट और अनवरत जैसे बहते पानी का स्वर। इस बीच टापू और नदी की सीमा-रेखा मिट गई थी या मिटी नहीं थी...अँधेरे में पानी को पहचानना मुश्किल था। बहुत गौर से देखने पर एक हल्की सफेद तरलता नज़र आती थी, जिसपर शाम की हवा थी जो कभी ठहर जाती थी, कभी पानी में पुल की बत्तियों को झकझोरकर आगे खिसका जाती थी...

सरदी अचानक बढ़ गई। मैं वहाँ से जाने का इरादा कर रहा था। किन्तु तभी मुझे आभास हुआ कि मैं वहाँ बिलकुल अकेला नहीं हूँ। मेरी दाहिनी ओर, जहाँ झाड़ी थी, हल्की-सी सरसराहट हुई। पहले सिर्फ दो धुँधली-सी छायाएँ दिखाई दीं, बाद में मैं उन्हें ठीक से अलग-अलग देख पाया। लड़की के स्कर्ट का अगला हिस्सा शायद झाड़ी में फँस गया था और वह उसे बाहर निकालने के लिए नीचे झुकी थी। शायद झाड़ी की सरसराहट ने ही मेरा ध्यान उनकी ओर आकृष्ट किया था। उसके ज़रा पीछे एक अन्य व्यक्ति था, जिसे मैं पहली निगाह में ठीक से नहीं देख पाया था। शायद इसलिए कि वह बिना हिले-डुले बिलकुल खामोश खड़ा था। शायद इसलिए भी कि उसके लम्बे ओवरकोट ने अँधेरे में उसे कुछ इस

ढंग से छिपा लिया था कि ग़ौर से देखे बिना उसके अलग अस्तित्व को पहचानना असम्भव था।

मैंने सोचा, मुझे वहाँ से चुपचाप उठकर चले जाना चाहिए। मुझे मालूम था, अँधेरो घिरने पर अक्सर वहाँ प्रेमियों के जोड़े आते हैं। वैसे मुझे वहाँ बैठने में कोई आपत्ति नहीं थी, यदि वे मुझे देख लेते। तब इन्हें मेरी उपस्थिति का ज्ञान होता। किन्तु ऐसी स्थिति में, जब मैं उन्हें देख रहा हूँ और उन्हें यह भ्रम हो कि वे अकेले हैं, मुझे अपना वहाँ रहना अरुचिकर जान पड़ा। किन्तु इससे पेशतर कि मैं कुछ भी निश्चय कर पाता, वे दोनों उस झाड़ी में चले गए।

टापू में उस समय एक असीम, निर्भेद्य मौन सिमट आया था और दूर की हल्की, दबी आवाज़ भी साफ सुनाई दे जाती थी। फिर वह झाड़ी मेरे काफी करीब थी...मुश्किल से तीन गज़ की दूरी पर। उन दोनों की गहरी हाँफती, टूटी-सी साँसें मुझ तक पहुँच जाती थीं...एक धधकती-सी गरमाहट झाड़ी के बाहर निकलती थी, बीच की हवा को छीलती, भेदती, मन्त्र-मुग्ध साँप की तरह बलखाती हुई मुझे लपेट लेती थी। झाड़ी बार-बार हिल उठती थी, मानों उनकी गरम, बोझिल साँसों का भार न सम्भाल पा रही हो। उनके नीचे दबे पत्ते बार-बार चरमरा उठते थे।

एक दबी उफनती-सी चीख, फिर सिसकती-सी कराहट, फिर वह भी नहीं...एक ख़ाली हल्की हवा, और तब सब कुछ पहले जैसा शान्त हो गया।

मुझे आज भी यह सोचकर अपने पर हैरानी होती है कि मैं वहाँ से चला क्यों नहीं आया। जो कुछ झाड़ी के पीछे हो रहा था, उसके प्रति मेरे मन में न कोई जिज्ञासा थी, न जुगुप्सा...कौतुहल भी नहीं। फिर भी मेरे पाँव नहीं उठे, मैं जड़वत् बैठा रहा।

कुछ देर बाद वे बाहर आ गए। या शायद मुझे आभास हुआ कि वे दोनों झाड़ी के बाहर आए हैं, हालाँकि मैं उस क्षण सिर्फ लड़की को ही ठीक से देख पाया था। उसने अपने बाल ठीक किए। स्कर्ट पर जो पत्ते और तिनके चिपक आए थे, उन्हें करीने से, एक-एक करके अलग किया। फिर वह झाड़ी से कुछ दूर आगे चली आई...दरिया के पास। मैं अपने आश्चर्य को नहीं दबा पाया, जब मैंने देखा कि वह उसी जगह बैठ गई थी, जहाँ पहले बूढ़ा और बाद में मैं कुछ देर के लिए बैठा था।

मैं उसे देख लेता हूँ। उसने सिगरेट जला ली। उसके बाल बहुत छोटे हैं...बिलकुल लड़कों के-से। काले रंग की बरसाती पहने है, बटन खुले हैं जिसके

नीचे स्कर्ट घुटनों तक ऊपर खिसक आई है। एक दबी, खिंची साँस के संग धुआँ बाहर निकल आता है...आँखें अधमुँदी-सी रह जाती हैं...

—देखा तुमने?—वह धीरे से बुड़बुड़ाई। मैं चुप रहा। वह अपने से ही कुछ कह रही है—मैंने सोचा और चुप रहा।...

—मुझे लगा, जैसे तुम चले गए हो।

—आपने मुझसे कुछ कहा?

वह हँसने लगी।

—और यहाँ कौन है?

फिर भी वह मेरी ओर नहीं देख रही थी। वह दरिया के दूसरे छोर पर देख रही थी...एक बिन्दु पर। मुझे सहसा खयाल आया कि बूढ़ा मछुआ भी उसी ओर देख रहा था...पुलों और चर्च की बुर्ज़ियों के परे...जहाँ शहर की रोशनियाँ खत्म होती हैं...अँधेरा शुरू होता है।

—तुम पहले ही चले आए?—उसने कहा।

—मैं...मैं यहीं था...उसने मुझसे ही पूछा था और इस बार मुझे पहले जैसा विस्मय नहीं हुआ।

—और वहाँ...?—उसने पीछे मुड़कर झाड़ी की ओर संकेत किया।

मैं कुछ भी नहीं समझा, उसकी ओर प्रश्न-भरी निगाहों से देखता रहा।

—वहाँ मैं अकेली नहीं गई थी।

वह फिर हँसने लगी। इस बार वह हँसी पहले जैसी नहीं थी। उसमें एक बीभत्स अविश्वास भरा था, जैसे मैं पकड़ लिया गया हूँ। वैसे ही जैसे हम गलती से किसी अपरिचित घर का दरवाज़ा खटखटा लें और इससे पेशतर कि हम लौट पाएँ, कोई हमारा हाथ खींचकर हमें भीतर घसीट ले...

—लेकिन आपके संग...मैं सहसा सहम जाता हूँ...अनायास मेरी आँखें झाड़ी पर उठ जाती हैं। हवा चलने से एक-दूसरे से उलझी टहनियाँ हल्के-से अलग हो जाती हैं...बीच में फँसी पत्तियाँ फट जाती हैं। पहचान लेना मुश्किल नहीं है। मैं पहचान लूँगा और वह जान जाएगी कि मैं वह नहीं हूँ, जो उसने समझा है।

—'वह वहाँ है। मैंने उसे आपके संग देखा था।'—मैंने कहा।

—किधर देखा था—उसके स्वर में बहुत निरीह, कातर-सी आशा उभर आई, जैसे मेरे उत्तर पर उसका बहुत-कुछ निर्भर है, जैसे उसकी नियति का धागा मेरे शब्दों से बँधा है...

—किधर देखा था?

—देखिए, उधर झाड़ी में...वह अब भी है

—वह कौन?

झाड़ी काँपती है, जैसे उसके भीतर-ही-भीतर कुछ जल रहा हो।

वह मेरे निकट सरक आई...क्या मैं सच हूँ? एक नरम-सी सरसराहट हुई, जैसे उसने मेरे भीतर एक पन्ना उलट दिया हो।

और वह जैसे आखिरी पन्ना हो, उसके आगे कुछ भी नहीं।

और मुझे लगा जैसे उस शाम दूसरी बार किसी ने मुझसे अपने 'सच' का प्रमाण माँगा हो। झाड़ी मुझसे तीन कदम दूर है—तीन कदम भी नहीं, शायद उससे भी कम। मुझे वहाँ जाने में बहुत कम समय लगेगा। मैं पहले एक कदम लूँगा, फिर दूसरा और फिर वह मेरे सामने होगा। हर कदम मुझे उस झाड़ी के पास ले जाएगा, जहाँ वह है, अब भी है।

इसमें कुछ भी मुश्किल नहीं, कोई भी डर नहीं। यह इतना सहज और आसान है कि मेरा दिल तेज़ी से घबराने लगता है। मैं सिर्फ एक कदम लूँगा—और सोचूँगा कुछ भी नहीं...दूसरा कदम लूँगा और तब-तब बहुत कम समय लगेगा और मैं एक ऐसी उम्र में पहुँच गया हूँ, जहाँ इतना समय ज़्यादा मानी नहीं रखता। देखो (मैं अपने से कहता हूँ), देखो वह प्रतीक्षा कर रही है। साँस रोके, मेरी ओर सन्देह-भरी दृष्टि से देखते हुए। कुछ ऐसे ही, जैसे वह लड़का तिनका चबाता हुआ मेरी ओर देख रहा था...

मैं खड़ा हो जाता हूँ—झाड़ी की तरफ बढ़ता हूँ। उसकी आँखें मुझ पर चिपकी हैं। आज तक किसी ने मुझे इतनी आतुर, विह्वल आँखों से नहीं देखा। एक देखना होता है, जिसमें हम बँध जाते हैं, सिमट जाते हैं। उसका देखना ऐसा नहीं था। वह देख रही थी, मुझे धकेलते हुए, जैसे अपने से अलग करते हुए। और मैं ठहर जाता हूँ—अपने को खींचकर रुक जाता हूँ। ज़िन्दगी में जवाबदेही का लमहा एकदम किस तरह आ जाता है, जब हम उसकी बहुत कम प्रतीक्षा कर रहे होते हैं, जैसे वह हमारे लिए न हो, किसी दूसरे के लिए आया हो, दूसरे के लिए नहीं तो तीसरे के लिए, तीसरे के लिए नहीं तो चौथे, पाँचवें, छठे के लिए, चाहे जिसके लिए हो, हमारे लिए नहीं है। लेकिन वह है कि काँपते-चीखते हाथों से हमें पकड़ लेता है—किन्तु हम ताकतवर हैं और अपने को छुड़ा लेते हैं और सोचते हैं, यह एक दुःस्वप्न है, जो अभी बीत जाएगा और हम आँखें खोलकर वही देख लेंगे, जो देखना चाहते हैं, जिनके हम आदी हैं , और फिर हम जवाबदेह नहीं रहेंगे, किसी के भी नहीं, किसी के प्रति भी नहीं...

किसी के प्रति भी नहीं। मैं भागने लगता हूँ। भागने लगता हूँ और पीछे मुड़कर नहीं देखता। मेरे पीछे झाड़ी है और उसकी बीभत्स भुतैली हँसी, जो देर तक मेरा पीछा करती रही है, लहू के कतरों की तरह मेरे भागते पैरों के पीछे टपकती रही है...

उस रात मैं होटल नहीं जा सका। सारी रात शहर के शराबख़ानों के चक्कर काटता रहा। शराबियों के संग, उनके हाथ में हाथ डालकर गाता रहा। जब मैं थककर एक शराबखाने में सो जाता, तो वे मुझे घसीटकर बाहर सड़क पर फेंक देते और फिर कुछ देर बाद दूसरे शराबी मुझे अपने संग किसी अन्य शराबखाने में ले जाते और इस तरह बारी-बारी सोता, जागता, गाता, घिसटता हुआ समूचे शहर की अँधेरी गलियों में घूमता रहा।

आप विश्वास करें, आज तक मैंने कभी आत्महत्या के बारे में नहीं सोचा—मेरा मतलब है, अपनी आत्महत्या के बारे में—वैसे एक बौद्धिक समस्या के रूप में अवश्य दोस्तों से बात की है, कभी-कभी एक अजीब-सा विचार तंग करने लगता है। सोचता हूँ, यदि उस रात कोशिश करता, तो शायद कर सकता था...

जैसा आप देखते हैं; मैंने उस रात आत्महत्या नहीं की। उसके बाद भी नहीं लेकिन यह जानते हुए भी कि मैं ज़िन्दा हूँ, पतझर की उस शाम के बाद अक्सर शंका होने लगती है कि मरने के लिए आत्महत्या बहुत ज़रूरी नहीं है...

दूसरे दिन सुबह मैं वह शहर हमेशा के लिए छोड़कर आगे चला गया।

❑❑❑